日知文丛

读书何妨为人忙

陈怀宇 著

浙江古籍出版社

图书在版编目（CIP）数据

读书何妨为人忙 / 陈怀宇著 . -- 杭州：浙江古籍出版社，2020.7

ISBN 978-7-5540-1732-6

Ⅰ . ①读… Ⅱ . ①陈… Ⅲ . ①随笔—作品集—中国—当代 Ⅳ . ① I267.1

中国版本图书馆 CIP 数据核字（2020）第 041121 号

读书何妨为人忙

陈怀宇 著

出版发行 浙江古籍出版社

（杭州体育场路 347 号 电话：0571-85068292）

网 址 www.zjguji.com

责任编辑 刘 蔚

文字编辑 郭大帅

封面设计 吴思璐

责任校对 吴颖胤

责任印务 楼浩凯

照 排 杭州立飞图文制作有限公司

印 刷 浙江海虹彩色印务有限公司

开 本 889mm × 1194mm 1/32

印 张 7.375

字 数 153 千字

版 次 2020 年 7 月第 1 版

印 次 2020 年 7 月第 1 次印刷

书 号 ISBN 978-7-5540-1732-6

定 价 40.00 元

目　录

缘 起

收在本书中的文字以书评为主，兼及一些给报刊文化栏目撰写的读书札记，跨越的时间段较长，但书评均来自1999–2014年。在结集时，我原本有些犹豫，因为书评属于一种“寄生性”学术产品，其价值和意义很大程度上依赖于所评书籍的价值和意义，也有其时效性。按照国际学界的一般原则，学术书评应只评一两年内出版的新书，很少有人会去评一本出版超过五年以上的旧书，因为这样一来就不如写一个某个专题研究的学术史梳理。一本书出版后，五年内尚未重要讨论和进展，这可是一件令人惊奇的事，说明其处理的主题、提出的问题似乎价值有限或者价值尚未被发现，暂时引发不了学界讨论和进一步深入探讨。

我为学术刊物所写的书评，即主要是评价一两年出版的新书，尤其是英文新书，当时也是希望尽量让中文学界获知英文学界的最新研究。我十几年前评价的一些英文新书作者，当时尚属年轻学者，现在大多数都成长为英文学界重镇了。因此，尽管结集有些犹豫，当我回顾我所写的这些书评时，我注意到我所评的一些英文书尚无中文译本，所以仍然值得让中文读者通过我的书评很快地了解这些英文论著的主要内容及其重要性，从而决定是不是继续去阅读全本。当然，我的评论中不可避免也有一些误读和误解，也请读者见谅和指正。本书中的一切问题都由我个人承担。

我发表的第一篇中文学术文章就是书评，评林悟殊先生汉译克林姆凯特的书，当时也是我的硕士生导师荣新江先生亲自“下令”并指导下完成的，发表在他当时主编的《唐研究》上。后来我又陆续写了不少书评，其中较多是中文书评，英文书评也发了十篇，绝大多数都是来自中外学术期刊的约稿，个别书评甚至也曾被审稿，如我写的藤善真澄先生的《道宣传之研究》书评，后来得知《汉学研究》让当时尚在台北任职的柯嘉豪（John Kieschnick）先生审阅并提出修改意见。最近五年因时间和精力原因，不再写中文书评。因此，能将以前发表的中文书评结集出版，也是对自己之前的书评学术做一个阶段性总结，并省去读者翻检之劳。

我要感谢荣老师从我的学术生涯一开始即指点写学术书评的基本原则和方法。他对书评写作提示的基本原则和方法已经系统化、规范化，见于《学术训练与学术规范》第十二讲《书评与札记》（北京大学出版社，2011 年）。我发在学术期刊上的学术书评，基本上完全按照这些原则和方法进行，相信读者可以或多或少从中获得启发。

本书的结集动力要归功于谭徐锋博士的一再鼓励和督促，我要特别感谢他多年来的支持。也感谢那些邀请我发表书评的期刊编辑，感谢他们的信任和支持。

世纪初的维也纳

在当代学术界，彼得·辛格（Peter Singer）是个超越专业领域的名字，他著述极为丰富，尽管他的学术主要关注伦理学，但作为一位左翼批评家，他对政治、社会介入极深，他对小布什政府的强烈批评与鼓吹保护动物权利的主张交织在一起，媒体曝光率很高，也引起了巨大的争议。他 1999 年离开澳洲而受聘为普大人类价值研究中心生物伦理学专业迪肯讲座教授（Ira W. DeCamp Professor in Bioethics），是时，在保守的普大校园引发了巨大的风暴，数百名学生聚集起来，抗议学校雇用这样一位政治和伦理立场相当鲜明的左翼学者，普大校长哈罗德·夏皮罗不得不亲自出马和学生解释，无非是说此人系国际学术大师、澳洲科学院院士，我校要“与国际接轨”所以聘用他，诸君不得无礼云云。

普大学生很多来自非富即贵家庭，其中包括小布什总统的侄女劳伦，以及国会参议院多数党领袖共和党议员一代名医福里斯特的孩子，普大学生活动中心（Frist Campus Center）即由五代人均负笈普大的福里斯特家族捐建。好些人出身豪门，可是一进入同样自认是美国高等教育界豪门的普大，不但自己交纳巨额学费、生活费、派对费，有些人甚至家里还捐献巨款，相互之间更是攀龙附凤，自然不会轻易在区区一个普大买谁的账。彼得的到来引发一部分学生抗议并不令人意外。

当时我尚未通读此君任何著作，完全是因为一个人吃午饭时百无聊赖，常拿校报下饭，因此无意中也看到关于这次冲突的报道。大学生上街要求学校解聘一位激进教授，颇能引发人对民国初期北京学界各类学生抗议教授和学校的遐想。当教授当到被天真烂漫的学生粉丝追捧并不算很了不起，但引发数百学生上街要求解聘，确实让我“服了”。实际上，像彼得这样饱读诗书之士，满世界到处有名校高薪诱聘，和刚出道好不容易找到一份教职的新科博士不同，他完全不用非常在乎一份普大的工作，自由地表达自己的观点对他来说比职位重要得多。他后来在 2004 年的确从普大离开全职工作回澳洲，但仍在普大担任兼职教授。

经过这番折腾，彼得的名字这下算是记住了。上网一查，此君居然有个信息非常丰富的主页，上面贴出的杂文和演讲文章甚多，可见他除了教学研究，社会活动也颇为频繁，学者身份之外，更是一位政论家和文化批评家。当然，作为一个民主社会的公民，这也算是以专业知识服务社区的本分。但是，彼得最吸引我的书并非他那些个性鲜明的伦理学专著和文化批评文章，而是《推开时间：我的外祖父与犹太维也纳的悲剧》(*Pushing Time Away: My Grandfather and the Tragedy of Jewish Vienna*, HarperCollins, 2003）一书。此书甫一出版，我即在普大书店得到一册，此书文采极好，当即被吸引，竟手不释卷，将专业书抛在一边，一口气读完全书，慨叹不已。

人类是个奇怪而可怕的物种，能一手创造出伟大的奇迹，也能一手迅即将之摧毁。二十世纪是人类拿自己当各类社会政治理想试验品的时代，死于互相斯杀的人口甚至比之前历史上所有战争中死亡的人口还多。二十世纪初的维也纳当然曾是一个伟大的奇迹，是人类城市文化史上的一颗明珠，但它的闪亮光芒竟然如彗星划过天际迅速失色，着实令人惋惜。彼得的书试图从一个家庭的命运来展示二十世纪初维也纳作为一个犹太人众多的文化中心如何在经历了美好年代（Belle Époque）、一战、纳粹势力崛起、二战而衰落的图景。这本书的材料主要来自彼得外祖父一家在1938至1941年之间在维也纳写给女儿、女婿的家族书信，这些书信由奥地利国立档案馆馆长盖思保尔（Adolf Gaisbauer）与彼得的姨妈多丽丝（Doris Liffman）合作整理以《大卫·昂斯特·奥本海姆：来自你忠实的父亲大卫》（*David Ernst Oppenheim: Von Eurem Treuen Vater David*）一名出版。多丽丝和彼得的父母可拉·辛格与昂斯特·辛格（Kora and Ernst Singer）于1938年从维也纳辗转逃往澳洲。彼得将这些档案放在维也纳在二十世纪初的历史情境中，生动揭示了世纪初维也纳犹太知识人的挣扎和命运。

以人口和面积而言，奥地利是个中欧小国，但是维也纳和萨尔茨堡这两个文化名城却在欧洲文化史上声名卓著。萨尔茨堡不但是莫扎特的故乡，也是圣诞曲《平安夜》作者的诞生地，拍摄于此的《音乐之声》再次让该城名满天下。与巴黎、伦敦、柏林、圣彼得堡等欧洲大城市相比，维也纳是一座小而精致的城市，有人说抽袋烟的工夫能走遍全城，并非虚言。如同其他欧洲城市一样，在维也纳能看到各类风格的欧式建筑群，引人注目的是希腊罗马古典风格的国会、哥特风格的市政厅、文艺复兴风格的大学。提到维也纳，也不由得让人想到美轮美奂的美泉宫，想到黑森林和多瑙河，更让人想到让这座城市充满灵气和创造力的灿烂诸星如弗洛伊德、阿德勒、马勒、舒恩伯格、施特劳斯、茨威格、卡夫卡、索尔滕、马丁布伯。在科学方面也不妨多让，二十世纪初期奥地利四位诺贝尔医学奖得主中有三位是犹太人。很少有城市会在多个领域孕育如此多的天才，这正是茨威格所说的“当人类群星闪耀时”。

可以毫不夸张地说，二战前，欧洲人文和艺术皇冠上的明珠无疑是维也纳，在人文社科和艺术等领域，这里聚集了一些最美丽的心灵；而科学中心则是哥廷根，可能是高斯的灵魂附体，这里产生了众多菲尔茨奖得主。二战后，人文中心由维也纳转到英国，维也纳出身的学者如维特根斯坦、卡尔·波普尔、以塞亚·柏林、贡布里希都在英国定居。而科学中心则由哥廷根转到普林斯顿，流亡的顶尖德国科学家如奥本海默、爱因斯坦藏身于丛林掩盖下世外桃源般的高等研究所。当然，高等研究所并不纯是自然科学机构，它下面包括数学、科学、历史、社会科学四个分部，所以一些顶尖的历史学家也寓居于此。今天如果去高等研究所前的小池塘边散步，偶尔还能遇到在躺椅上悠闲看书的老人，很可能他们就是一些改变人类认识自我和空间观念的学者。

维也纳的声名因城内的犹太人社区而成就，其衰落也与犹太人的悲惨命运密切相关。从 1848 至二战前，维也纳经历了前所未有的所谓犹太文艺复兴（The Jewish Renaissance）时期。

有记载的第一位到达维也纳的犹太人是施洛姆（Shlom），他在1194年由列奥波德五世大公（Duke Leopold V）任命为铸造匠。但直到1852年维也纳犹太人社区成立才开始大量吸引犹太人移居。在第一次世界大战以前，维也纳是欧洲领土排名第二的奥匈帝国的首都。这个城市发出的号令东北可达今天的乌克兰，往东覆盖捷克、斯洛伐克，南达萨拉热窝。当时只有沙皇俄国的疆域比奥匈帝国还大。当时德语区有三所最古老的大学海德堡、布拉格和维也纳，其中两所位于奥匈帝国境内，帝国人文、科学、艺术之盛，一时间改变了中欧在欧洲文化史上长期处于边缘的尴尬地位。

在1867年，同时任奥地利皇帝和匈牙利国王的弗朗茨·约瑟夫颁布了一部新宪法，这部宪法第一次宣布帝国公民在法律面前人人平等。这一法令吸引了在东欧特别是捷克和匈牙利地区饱受折磨的犹太人前往维也纳。在短时间内，定居在奥匈帝国首都的犹太人多达十五万人，这几乎是维也纳全城人口的十分之一。彼得的外祖父大卫也在二十世纪初随大流进入维也纳。当时维也纳的音乐、戏剧、艺术因为犹太中产阶级的崛起而迅速繁荣起来。

犹太复国主义（Zionism）的奠基人赫策尔（Theodor Herzl）也是维也纳人，他告诉维也纳的犹太人应该离开他们热爱的维也纳，带着他们的剧作和咖啡馆，去沙漠中的圣地生活。他在1896年出版了《犹太国家政权》（*The Jewish State*）的小册子，鼓吹复国主义。但当时大多数犹太人非常喜欢维也纳的生活，他们比在德国的犹太人过得舒服，没有感受到被排斥，可以在奥地利的资本主义工商业特别是钢铁工业、铁路业、银行业中大展宏图。赫策尔死后，复国主义在繁荣安逸的维也纳没有市场，其总部也转到柏林。事实上，赫策尔的主张早已经在维也纳政界引起恐慌，当时的维也纳市长吕格（Karl Lueger）和他领导的基督教社会党就是反犹势力。其他反犹势力还包括罗马天主教会和社会主义者。前者出于宗教原因，后者则是出于反资本主义，将愤怒诉诸犹太资产阶级。在政治和新闻媒体中，反犹的声音不绝于耳。但是，当时很多犹太人尚未亲身感受到在大学中和知识界作为犹太人受到任何压迫。这一点，大卫和茨威格都有所提及。正是因为这样天真懵懂的误判，导致纳粹占领时期维也纳犹太知识界遭受了巨大损失。

彼得的祖上出身世世代代拉比家族，其中出现过布拉格和波希米亚首席拉比大卫·奥本海姆（1664—1736），此翁是知名学者，一生嗜书如命，他收集的五千多册希伯来语书籍和写本现藏于牛津大学博德邻图书馆。彼得的外祖父、外祖母都出身于犹太中产阶级，受过很好的教育。彼得的外祖父大卫 1881 年出生奥匈帝国摩拉维亚省首府布吕恩，现在属捷克管辖。大卫高中毕业后前往维也纳大学学习古典学，在四年半的学习中，他熟读希腊、拉丁文献，也对德语文学相当熟悉。他在 1904 年 5 月 4 日提出了哲学博士学位的终考申请。可以说，大卫前半生是在幸运和兴奋中度过的，因为他经历了世纪之交维也纳的黄金时代。

大卫的妻子阿玛莉（Amalie）也出身摩拉维亚地区受过良好教育的犹太人家庭，并于 1899 年进入维也纳大学学习数学和物理，成为该校第 39 名毕业的女生。其实，奥地利在 1897 年才刚刚许可大学招收女生。1904 年大卫和阿玛莉开始认识，但 1905 年才相互吸引并开始约会。相比之下，大卫住在维也纳第九区，属上层中产阶级，而阿玛莉住在第二区，父母生育了十四个孩子，四个早夭，父亲早逝，母亲一个人拉扯十个孩子，属于下层中产阶级。当时的大卫和阿玛莉都反对犹太复国主义的主张，也对犹太教不甚在意，这些当时不同时俗的大胆看法使得两人走到一起。

大卫的学术活动主要围绕心理学进行。1910 年 1 月，当时在高中任教的大卫成为弗洛伊德领导的维也纳心理分析学会成员，此后两年，一直参与其活动。这一学会也被称为“周三小组”，每周三小组成员聚集在一起讨论心理学问题。1910 年 4 月 20 日，即大卫 29 岁生日这天，大卫在小组聚会中作了题为“儿童时期的自杀”报告，当时的听众包括弗洛伊德等十六人。但十八个月之后，大卫离开了弗洛伊德的圈子，开始追随阿德勒。这一天，同样在维也纳这个伟大的城市，也有一个年轻人非常落寞地度过了他的 21 岁生日，这个人就是因两次落榜维也纳的美术学院而不得不以水彩绘制明信片谋生的希特勒（6 页）。当时谁也没有想到这个年轻人会给数百万犹太人带来灭顶之灾，也给德国和欧洲大陆其他国家人民带来了巨大的战争灾难。

1914 年一战爆发，大量犹太人战争难民从东线战场逃到维也纳。随后一段时间维也纳犹太人经历了平静的一段生活，直到 1938 年 3 月 12 日纳粹德国军队侵入奥地利。1938 年是维也纳的转折点，从 3 月到 6 月，暴力袭击犹太人的活动激增，犹太人被禁止担任公职。第一批犹太人被送往达豪的集中营。纳粹统治下的维也纳开始实施纽伦堡种族法案。但犹太人当时尚获允往外移民，离开维也纳。夏秋之交，新一轮针对犹太人的迫害开始，犹太人被迫使用纳粹政权强加的名字“萨拉”（Sara）或者“以色列”（Israel）以和其他人相区别，并被禁止进入公园，许多犹太人商店被关闭。到 11 月 9 日和 10 日，十一月计划实施，短短两天，各个犹太教堂被洗劫一空，至少 6547 名犹太人被捕并送往集中营。我根据维也纳犹太人网上的资料试图给出确切的数字，因为后来从维也纳生还的犹太人均尽力落实这些遇难者的姓名和人数，他们相信真实可靠的历史乃是回应新纳粹主义最有力的武器。

至 1939 年 3 月，多达十万多犹太人离开奥地利地区。1941 年 10 月，维也纳的犹太人被大规模地送往集中营。至 1942 年底，全城仅剩下 8102 名犹太人。二战结束时，至少 65459 名奥地利犹太人死于集中营，而活着走出集中营者仅 5816 人而已。1945 年 4 月犹太人社区开始重建，9 月，唯一残留下来的教堂重新开门。但二战后的二十年之间，移居以色列的奥地利犹太人多达五千四百多人。1970 年代以后，维也纳逐渐成为苏联犹太人移民至以色列的中转站，其中一些人也因此留在了维也纳。但 1981 年 8 月，维也纳发生了巴勒斯坦人针对犹太人的袭击。直到 1989 年才建立了维也纳犹太人博物馆，纪念死于二战的犹太人。现在维也纳的犹太人常住人口只有六千多，加上流动人口不过一万余人而已。

大卫曾加入奥地利军队，在一战中为军人荣誉而战，但奥匈帝国战败之后，帝国解体，奥匈分治，大卫虽然是战争英雄，获得过勋章，却是战败国的战争英雄。复员后，他重新作为学者开始新生活。学者这个头衔很大程度上害了他。他实际上因为自己的藏书而失去了逃生的机会。彼得的《推开时间》提供了纳粹进入奥地利之后对大卫一家产生影响的一系列细节。希特勒上台以后，不断给奥地利传送将结束其独立地位的压力，而英法等国均只是外交抗议，并没有实际表现。希特勒的军队终于在 1938 年 3 月 12 日开进了奥地利，没有受到任何抵抗。罗马天主教会的主教因尼策尔（Cardinal Innitzer）甚至鸣钟庆祝德军进入维也纳。德军进入维也纳之后，开始只是毫无秩序地骚扰犹太人，抢劫财物，殴打犹太人。犹太人开始体会到空前的恐惧。大卫穿上奥匈帝国军队上尉的制服以一战英雄的身份质问党卫军冲锋队，冲锋队根本不搭茬，上来先直接揪掉他制服上的战争勋章（170 页）。希特勒迅速在维也纳的英雄广场宣布奥地利正式加入第三帝国成为一个省。

奥地利作为一个国家不复存在之时，当时大卫夫妇正在努力学习英文。很快大卫被禁止继续他的教职。他们的女儿，十七岁的多丽丝，以及可拉夫妇均预感事情不妙，请求父母让她们离开奥地利。大卫夫妇非常勉强地答应，可是美国一位叔叔的保证到达时，却只为大卫赴美提供家属保证。大卫拒绝了这个保证，也拒绝了自己移民美国的机会。全家想尽办法，不知何去何从。

可拉突然想起自己曾和一些朋友一起去滑雪时认识一位澳洲人，当时这些朋友因为可拉会说英文拉上她当翻译。结果这位澳洲的罗马天主教徒杰瑞（Jerry Donovan）回到澳洲之后给可拉寄上一张明信片。可拉当时对这一来自遥远的澳洲的明信片感到十分新鲜而将其保存下来，并没曾想这张纸片会救她和丈夫的命。这时候，她万般无奈之际想起来这位朋友，于是写信描述了纳粹统治下维也纳的情形并请求他帮忙为移民澳洲提供保证。杰瑞闻之，当即答应帮忙。一个半月之后，可拉夫妇拿到了去澳洲的签证并很快成行（172 页）。

又过了一个月，多丽丝靠临时签证前往英国，身边带着父亲送给她的歌德的《浮士德》，告诉她无论何时需要帮助，可以翻看这本书（173 页）。多丽丝一生都保存着这本书。多丽丝告诉母亲千万不要前来车站送行，以免自己的意志薄弱而跳下火车留下来，走不了。她们姐妹俩从此再未见到她们的父母。留在维也纳的大卫夫妇看不到未来，对移民亦无兴趣。大卫天真地以为自己曾在奥匈帝国军中服务，与德军在一战中并肩战斗立下不朽军功可以保他不死。

事实上，纳粹刚占领维也纳初期确实一开始并未对犹太人下重手斩尽杀绝，而是开了一些口子允许犹太人在力所能及的情况下移民海外逃生，在 1941 年 11 月之前维也纳的犹太人可以离开欧洲去纽约、哈瓦那、上海以及悉尼等港口城市。但从 1938 至 1941 年长达三年之久的可合法移民政策也给了很多维也纳犹太人一些幻想，以为对犹太人的迫害是短暂的，有限度的。后来到 1941 年底，太平洋战争爆发，同盟国与轴心国全面开战，德国才全面禁止犹太人离境。德国在 1939 年 8 月 28 日才取消与澳洲之间的航空邮件服务。这之后，大卫夫妇一直通过布达佩斯的亲戚转信至澳洲。在 1938 年甚至到 1939 年 9 月二战正式爆发之前，维也纳和澳洲墨尔本之间的通信是可靠和有保障的。

大卫夫妇、老辛格夫妇（Albert Singer, Philippine Singer，彼得·辛格的祖父母）与可拉、昂斯特夫妇的通信十分频繁，差不多每周一封。昂斯特在澳洲为生存准备做咖啡进口生意，可拉虽是维也纳大学的高才生，拥有医学学位，但在澳洲不受承认，仅能在实验室打工和在中学教数学和科学。他们一到墨尔本，就积极为双方父母以及多丽丝和其他亲戚移民澳洲奔走。多丽丝很快获得移民到澳洲的保证，她离开英国，经过新加坡到达澳洲。

就在昂斯特为两个弟弟办妥移民澳洲手续之后，他两位弟弟在维也纳火车站被查出带了照相机而被盖世太保拦下。当时犹太人虽然允许离开奥地利移民国外，但不允许携带任何金钱和有价值的物品离开。好在这时出现了一位念及旧情的纳粹头子塞依斯—因卡特（Seyss–Inquart），刚好老辛格夫妇认识这位大人物。此人当时担任第三帝国奥地利地区的内政部长，后来更担任第三帝国荷兰总督。他曾经在青年时期租住老辛格家的房子，占用了整整一层，老辛格夫妇对他不赖。因此这时老辛格夫妇只好求上门去，部长大人居然点头答应。兄弟俩有惊无险地于 1939 年 7 月最终抵达澳洲，大卫高兴地写信去问候，称这次脱险为再生。大卫这一时期继续在家学习英语（180 页）。

1938 年的冬天十分寒冷，但在澳洲，昂斯特夫妇却为双方父母的移民申请奔忙，甚至开始为他们 57 岁的父亲大卫争取在墨尔本大学谋一份教职。但是大卫在这种督促下却面对一个极为麻烦的难题，即他的个人图书馆。大卫开始琢磨如何挑选要带走的书。昂斯特在澳洲极为焦急，他预感到时间不等人，大卫他们离开奥地利的机会转瞬即逝。大卫的图书馆中有大量精美的艺术史书籍，还有无数的法国小说、俄国文学。1939 年 3 月 7 日，昂斯特给岳父母和自己的父母打电报告知已经为他们拿到移民许可。但是，昂斯特在给岳父母的信中却暗示说，考虑到自己和可拉的经济状况尚不稳定，请大卫夫妇和老辛格夫妇考虑十一月再启程，“假如维也纳的情形尚可忍受”（184 页）！但四月份，昂斯特意识到自己犯了大错，写信要求双方父母立即出发，他在信中说“你们真的是我们一个负担，只要你们还在维也纳。[你们来这里] 确实是我们物质上的负担，但你们留在维也纳是一个精神上的负担，那真是糟糕多了”（185 页）。

昂斯特的父母迅速买了 8 月 16 日赴澳洲的荷兰海船的船票，并期待大卫夫妇与他们同行。阿玛莉甚至列出了海运出国物品的一个清单，并在 6 月 22 日致女儿女婿的信中安排了旅行的具体事宜。昂斯特建议他们带上钢琴。不久，可拉找到新工作，于是夫妇俩写信给大卫夫妇，说明经济上不成问题，请他们迅速赶来澳洲。但大卫完全沉浸在他那些书里，还写信问可拉他那些艺术史书籍、哲学、历史、宗教、古典学的书籍在澳洲是否能卖个好价钱，值得运到澳洲等等。可拉认为不得带超过五百本书。他折腾这些书一直到 1940 年 2 月底才算完，但这时已经无法离开了。

7 月 21 日大卫通知可拉他和阿玛莉将搭乘一艘英国轮船在 12 月 12 日从那不勒斯出发。但是老辛格夫妇当年为了让两儿子离开维也纳，在为走私相机案奔走过程中也放弃了自己的护照，这时面临要离开维也纳重新获得护照的难题。大卫夫妇不愿单独行动，而且大卫这时不幸出现了糖尿病问题，需要动手术。手术很成功。但德国和苏联签订了互不侵犯协议，德国随即出兵波兰。维也纳当局不再允许犹太人取出养老金，大卫夫妇陷入财政危机。二战爆发前三天，阿玛莉在信中实际上放弃了立刻出发的计划。这段时间是离开维也纳的宝贵窗口时期。在 1939 年 9 月和 10 月间，大量犹太人离开德国。之后，从二战爆发的 1939 年 9 月间至 1941 年 11 月，大约有两千多奥地利犹太人移居其他大洲。

大卫夫妇和老辛格夫妇简直是互相耽误工夫，最终未能成行。彼得还特别提到一点特别的犹太文化现象。他说在英语中甚至没有这样一个词，来指一对已婚夫妇双方父母之间的称呼，而在意第绪语（Yiddish）中是有这样一个词 mechetunim，用来指两家联姻的父母亲。他说这个词说明犹太人中的这种关系要比盎格鲁—萨克森圈子中的关系远为重要。其实，我想这个词在汉语中有对应词,即“亲家”,夫妇双方父母之间的称呼。当然，婚姻双方的父亲常常被称为亲家公，母亲被称为亲家母。传统社会十分重视亲家之间的关系，这两个词使用的频率十分高。现在因为多半两家来往不多，这个词也很少使用了。这个词语证明汉人和犹太人在重视传统亲缘关系相当接近。犹太人之极端重视教育和汉人亦有共同之处，像大卫夫妇和女儿可拉两代人均从维也纳大学获得学位的情形在世纪初的维也纳并不多见。

大卫是个爱书的人，有些书甚至保留到了今天。彼得提到他幼年常读一册英文版的《莎士比亚全集》，实际上来自阿德勒送给大卫的礼物。阿德勒在 1927 至 1929 年在美国游学。1929 年 3 月 26 日从纽约寄给了大卫这本书并有签名纪念（142 页）。大卫也是一位相当世俗的犹太学者，甚少谈及自己的犹太教传统。他早年在 1908 年曾评论过《古代世纪反犹主义的兴起与发展》一书，但对犹太教的宗教层面并无太大兴趣，而是更多关注文化认同（155 页）。大卫因为惦记自己的小图书馆，舍不得早点收拾行囊上路，终于一等再等，等到纳粹全面封锁海岸，而无法再逃离欧洲。让人不由得叹息真是造化弄人。

在 1941 年 2 月之前，被带离维也纳送往波兰地区集中营的犹太人尚不足千人。可是，从 2 月 15 日开始，犹太人被以每周一千人的规模送往波兰的集中营。这时，阿玛莉在信中表现了急切离开的心情，甚至提到很多犹太人前往上海避难，每个人离开维也纳前往上海需要许多费用，相当于四百美金。上海这时成为全世界最后几个尚接纳犹太难民的港口。2008 年秋天我上一门大课时曾有一位学生说他的祖父母二战时期曾流亡上海，二战后才来到美国，我还和他商量要找时间整理口述资料。

到 1941 年 3 月，遣送维也纳犹太人去集中营的活动突然停止，很少犹太人幻想会出现和平的图景。只有天真的大卫仍然幻想自己可以作为一战老兵幸免于难。但事实证明，他在 8 月 20 日写的信成为他给孩子们的最后一封信。从 9 月开始犹太人不得不佩戴大卫星出门。10 月 15 日，维也纳纳粹当局再次开始送犹太人去集中营。老辛格给儿子写信请求借钱去厄瓜多尔。但是两周以后，犹太人被禁止离境。从 10 月到 11 月，五批犹太人共 4995 人从维也纳送往波兰集中营。老辛格夫妇列在第二批，10 月 19 日踏上了通往波兰的死亡之路。很快，在 1941 年 12 月，日本袭击珍珠港，美国对日本、德国相继宣战。大卫夫妇在 1941 年 12 月 23 日请求红十字会转出了关于老辛格夫妇的消息。但这一消息直至 1942 年 5 月才传达到可拉和昂斯特那里。在 1942 年 8 月 24 日，红十字会再次发出关于老辛格夫妇的消息，但是 1943 年 2 月才到达澳洲。1942 年 6 月 22 日大卫夫妇通过红十字会发出的消息显示他们被迫搬出了旧宅，等着被送往集中营。阿玛莉后来回忆说她和大卫曾打算自杀，但收到了女儿多丽丝通过红十字会转来的消息，自己结婚了。于是夫妇俩决定继续活下去，消息里恭喜多丽丝有个新姓（214 页），可是可怜的大卫老人永远没有机会知道多丽丝的夫姓了。

1942 年 5 月，大卫夫妇几乎要被送到波兰了，但命令突然取消。他们被送往捷克的特雷西恩施塔特（Theresienstandt），一个距离布拉格仅六十公里的小镇。这个镇起源于 1780 年，奥匈皇帝约瑟夫二世命令手下在波希米亚建造一座城堡，以其母亲玛丽娅・特雷莎（Maria Theresa）命名，本来它的捷克语名字是特雷勤（Terezin），纳粹占领这里之后改名特雷西恩施塔特。当时负责所谓犹太人再安置计划的纳粹头子艾赫曼（Adolf Eichmann）告诉捷克人，第三帝国将特雷西恩施塔特给犹太人并允许他们在此发展一个自治的犹太社区，在城墙内将不会有党卫军冲锋队，完全由犹太人自治政府管理，发行自己的货币，甚至可以有摩西像。这座集中营成为纳粹势力蒙骗和忽悠国际社会的标本。在纳粹留下的遣送纪录里，大卫夫妇的号码是

IV/8–339 和 IV/8–340，表明他们是来自维也纳的第五组犹太人中的第 339 和 340 号。从 1942 年 6 月至 10 月，13776 名犹太人由维也纳被送到特雷西恩施塔特。到 10 月中旬，纳粹估计维也纳只剩下几百名犹太人尚藏身暗处，但基本上已成为无犹太人的城市（222 页）。

其实，确实如大卫所感觉的，纳粹一开始对一战中为德奥同盟战斗过的犹太老兵有所优待。在纳粹计划消灭整个犹太人口过程中，他们临时决定让出特雷西恩施塔特给参加过一战的奥匈帝国荣誉军人。同时，一些所谓高等犹太人，或者犹太人中的杰出分子，也被送往捷克的特雷西恩施塔特集中营，这其中包括一些著名的音乐家、艺术家、精神领袖，如拉比巴克（Leo Baeck），以及名人如弗洛伊德、卡夫卡的亲友，而彼得的外祖父、外祖母大卫夫妇也得以留在特雷西恩施塔特，没有被立即送往波兰通向东方死亡之路。但这个集中营地方小，人口多，在 1942 年夏天大约百分之三十的人染病，各种传染病流行。

由于食物有限，集中营中的犹太人不得不做出选择。犹太复国主义者基本上控制了长老会（Council of Elders）。他们相信年轻人更应该被保护起来，因为他们可能是未来犹太政权的创建者。因此年轻人得到更多食物，老人们只能喝点剩下的汤。这导致欧洲的犹太前知识精英们，包括大学教授、医生、律师、商人，此时都不得不为一点可怜的食物作乞讨状（227 页）。大卫在 1942 年 12 月病倒，很快于 1943 年 2 月 18 日死于腹泻（diarrhea）。这一病症其实是因为食物出了问题导致的，这在特雷西恩施塔特的犹太囚徒中十分普遍，故而也称为特雷莎症（Terezinka）。彼得写道，大卫死去之时，也正是他一生追求的欧洲启蒙运动的最高价值平等、自由、博爱，以及教育、理性和知识都被纳粹武力和雅利安种族优越论击败之时（228 页）。人类文明的大倒退莫过于此矣。

在 1944 年 10 月，从奥斯威辛逃出的一名犹太人潜入特雷西恩施塔特，他告诉拉比巴特和长老会一个令人震惊的消息，从特雷西恩施塔特送到奥斯威辛的犹太人实际在毒气室被成批屠杀。这些长老会成员面临道德的两难，面临一系列伦理问题。他们是否应该告诉这些特雷西恩施塔特犹太人如果被选上去波兰实际是有去无回？这些人是否有权知道他们的命运？告诉这些人有何意义？告诉他们会引发怎样的情绪？巴特决定保守这个秘密。当然，长老们一定饱经心灵的煎熬，因为每一个犹太人对他们来说都是同胞，可是他们不得不屈服于纳粹的压力，选出一些老人和小孩送往奥斯威辛。因为他们认为年轻人体格健壮，生命力强，最有希望活下来成为犹太国的奠基者。阿玛莉的侄子鲁道夫尔（Max Rudolfer）的儿子汤米被送到特雷西恩施塔特时仅八岁，终于在 1944 年 10 月被选择送往奥斯威辛。而彼得的外祖母因为在维也纳大学受过良好的教育，在长老会中担任高级管理职位，居然躲过一劫，等来了维也纳的解放。

一个世纪前的维也纳曾有十五万犹太人，转眼又到了这个世纪初，在维也纳的犹太人只有一万多人。这座城市如今泯然众城矣，在中欧诸国中甚至不如布拉格吸引人。每个走访这座城市的人们都应该思考为何一座伟大的现代都市在短短数十年间竟然从星光璀璨走向黯然失色。

埃尔泽：陈寅恪先生在柏林的房东

最近因留意陈寅恪先生早年在海外留学时的生活环境，注意到他 1921—1922 年曾住在柏林康德大街 30 号，而这个地址当时还住着一家命运跌宕起伏的犹太人。我想寅恪先生很可能是这家犹太人的房客。实际上，这家犹太人自 1905 年起便住在这里，男主人是烟草厂厂主埃米勒·乌里（Emil Ury，1835—1920），女主人叫弗兰琪丝卡（Franziska Ury，1847—1940）。他们育有两子两女，可说是一个相当完美的家庭。老大叫路德维希（Ludwig Ury，1870—1963），是位律师。老二叫汉斯（Hans Ury, 1873—1937），当了内科医生。老三是女儿埃尔泽（Else Ury, 1877—1943），就是我这篇文章的女主角。最小的女儿叫凯特（Käthe Ury，1881—1944），在中学当老师，后来嫁给了建筑师雨果·黑伊曼（Hugo Heymann）。兄弟姐妹四人之中只有埃尔泽未婚未育，一直住在家里。所以当 1921 年寅恪先生租住这个地方时，实际上可能是因为男主人埃米勒于 1920 年去世，剩下弗兰琪丝卡守寡，和两个儿子和两个女儿住在这里。寅恪先生应该是和她们打过交道的。

埃尔泽曾是二战前德国最为知名的儿童作家，故而现在康德大街 30 号挂着一块此处作为 1905—1933 年埃尔泽故居的铭牌。实际上，寅恪先生也曾居于此地，以寅恪先生的国际影响，也应该挂一块1921—1922年陈寅恪先生曾居于此的铭牌以示纪念。在新泽西普林斯顿镇上便有数处名人旧居，常常引来众多游人参观，这其中即包括两位著名的二战德国难民，一是爱因斯坦，他1936—1955年一直住在梅塞大街112号；二是托马斯·曼，他曾住在斯托克顿街65号，这里也有一块铭牌，说明这是1938—1941年托马斯·曼旧居。不过，埃尔泽作为犹太人女作家，死于奥斯威辛集中营，其生平和事迹曾长期消失在德国公众的认知之中，柏林特别予以纪念无疑更具保存历史记忆的独特意义。埃尔泽虽在二战前曾是知名作家，但其作品甚少为德国以外的国际社会所知，至今尚未有任何作品被译成中文，所以她的生平和创作实在值得介绍一二。

仔细想来，康德大街30号原本大概是埃米勒一家的私宅，但当时德国因为在第一次世界大战中战败，经济极为萧条，而这家男主人又刚刚去世，这家人才出租房间给租客暂住，以节省开支。寅恪先生大概是因为这样的原因得以在这个原本属于富裕中产阶级的住宅区租上一个房间。不过，寅恪先生一年后即搬到了附近的克讷塞贝克街22号。当时康德大街30号的主人是正当写作盛年的埃尔泽及其家人，而埃尔泽已是成名的儿童文学作家。埃尔泽是家里唯一未受高等教育的孩子，却居然成为四个孩子中最有名气的一个。她曾进入专门为上流社会家庭的女孩子设立的中学（Königlichen Luisenschule）受教育，1894年念完十年级之后继续在家和父母生活在一起，当时也未曾想到会在中年时一举成名。下面要提到的是，受其母亲影响，她其实在文学素养上还算颇有点家学渊源。

埃尔泽在世时虽然名气很大，但仅限于1935年以前。这一年的3月6日，因为她的犹太人身份，她被纳粹帝国作协开除，并被禁止写作和发表任何作品，此后直至1943年身亡，她实际上从德国文坛消失了。1945年以后，她的作品在德国被重印，但删除了一些反映政治时代背景的内容，这些内容因为多多少少涉及支持德国的对外战争，在二战后已被盟军解除武装的德国十分犯忌。尽管1983年德国电视台也播放了埃尔泽作品改编的电视剧，但人们对这位作家的生平了解并不多。事实上，即便在她在世时，她的个人生活也很少为外界所知。几乎在她身亡半个世纪以后的1992年，才由布伦策尔（Marianne Brentzel）女士出版了第一本有关她的传记《家中宠儿来到集中营》（*Nesthäkchen kommt ins KZ. Eine Annäherung an Else Ury* 1877—1943）。此书后来又续有增订，因为不断有新信息出现。

其中一件值得注意的事是，1994年柏林的五位中学生在观看了电影《辛德勒的名单》之后深感震撼，决定去奥斯威辛集中营了解纳粹大屠杀的更多信息，他们和带队老师一起在奥斯威辛的博物馆参观展出的遗物时，注意到带有埃尔泽姓名的一件行李。经过考察，他们确认这是女作家埃尔泽的遗物，遂将这一发现公之于众。经媒体披露，此事使得埃尔泽的一生行迹再次被大众重视起来。1997—1998年柏林夏洛腾堡乡土博物馆举办了一个纪念埃尔泽的展览，埃尔泽的外甥克劳斯（Klaus Heymann）和夫人提供了很多他们保存的来自乌里家族的展品，两人亦从伦敦赶来柏林参加了开幕式，以纪念这位杰出的女作家。后来布伦策尔女士又根据不断收集的新资料对埃尔泽的生平详加考察，于2007年出版了新版埃尔泽传记（*Mir kann doch nichts geschehen: Das Leben der Nesthäkchenautorin Else Ury*），献给埃尔泽130岁冥诞。在21世纪初，埃尔泽的小说也逐渐开始进入国际读者的视野，而其中最为流行的一部小说《宠儿与世界大战》在2006年首次由通晓德国文学的放射科医生和作家莱雷尔（Steven Lehrer）译成英文并撰写了导论和提供了译释。

埃尔泽的一生跌宕起伏，各种矛盾、机遇和不幸交织在一起。埃尔泽一家在经济上是典型的犹太人，但从宗教上说，这一家却是非典型性犹太人。其实，埃尔泽算是第三代柏林人。她的祖父莱文（Levin Elias Ury）是一位商人，于1828年从坦哲蒙地区搬到柏林定居，乃是当时柏林中心犹太人社区的头面人物，担任犹太教堂的领袖。但是到她父亲埃米勒这一代，家里虽然住在柏林市中心的夏洛腾堡，仍保留一些犹太人的习俗，但犹太教的气氛已大大减弱，实际变成一家典型的世俗的富裕中产阶级。这一家在宗教上较为开明，而在政治上较为保守。这种保守是指他们一家已完全认同德国，很热爱德国，无原则地赞成德国的各项对内对外政策，而正是在这种爱国心熏陶下，正如我们下面要看到的，在纳粹上台之后，埃尔泽仍拒绝移民，最终在奥斯威辛集中营被毒杀。

埃米勒本人是位颇为精明的商人，他让自己的三个孩子路德维希、汉斯和凯特分别学习法律、医学和教育，毕业后分别担任律师、内科医生和教师，这可都是职业稳定、收入较丰的体面工作。这大概算是实现了当时德国犹太人中产阶级的职业理想吧。最小的女儿凯特又嫁给一位富有才华的建筑师黑伊曼，真是非常完美。虽然当时德国受一战战败影响经济十分萧条，但显然这一家人在经济上尚能无忧无虑，当时家里不仅有管家负责内务，还雇了几个丫鬟、厨子照顾一家人起居。埃米勒的太太弗兰琪丝卡原本姓施勒辛格（Schlesinger），来自靠近波兰边境的普鲁士地区，其父是一位诗人和音乐家，但逐渐家道中落，不得已靠贩卖旧衣物赚钱养家。这也同时养成了弗兰琪丝卡乐观坚毅的性格，同时也让弗兰琪丝卡得到文学和音乐上的熏陶，而弗兰琪丝卡对文学的爱好显然也传给了女儿埃尔泽。

埃尔泽算是个倔强坚毅的姑娘，可能继承了她母亲的性格。乌里家四个孩子之中，只有埃尔泽未选择职业教育，在中学毕业后继续待在家里当啃老族。不过，倔强而自立的埃尔泽并未满足于此。她除了帮着母亲做家务之外，也开始练习写作。埃米勒可不是一盏省油的灯，他经营的烟草厂本来以生产烟草和烟土为生，但随着现代卷烟业的发展，他的工厂逐渐陷入困境，于是想主意要将待字闺中无所事事的女儿嫁给一家卷烟厂的厂长之子，以便两个家庭的工厂能合并，从而走出经营困境。这一主意似乎很符合家族的经济利益，但埃尔泽更不是盏省油的灯，断然拒绝了这一经济联姻。此后她一生未婚。

埃尔泽自 1894 年离开学校之后便开始练习写作，而正式发表则是 1900 年。这一年她开始用笔名在当地报纸发表一些短篇游记和故事。1905 年她出版了第一本书《什么为幸运儿所听》

（*Was das Sonntagskind Erlauscht*，*Berlin*：*Globus Verlag*），里面收了三十八篇充满道德说教的小故事，教导小孩子忠诚、真诚、忠贞等观念和意识。1906 年出版了一部小说《受过教育的女孩》（*Studierte Mädel*），这部小说十分叫座，因为它涉及了一个当时大家关心的敏感问题，即女生是否有权利接受正规的高等教育。事实上，在普鲁士地区直至 1908 年大学教育才正式向女生全面开放。埃尔泽在文学上的成功，也使得她能以版税贴补家庭开支。这之后，她陆续又出版了一些单本小说和小说集。

不过，真正使她声誉鹊起的作品则是 1913—1925 年间出版的十卷本《宠儿》（*Nesthäkchen*）系列，这个系列后来成为德国儿童文学名作，深得数以百万的读者喜爱。其中最成功的是 1916 年出版的第四卷《宠儿与世界大战》（*Nesthäkchen und der Weltkrieg*），此书当时销售了三十万册。这对一本儿童文学作品来说是个惊人的数字。不过，此书虽然主要以第一次世界大战为历史背景，它那浓厚的支持战争的意识在二战后德国不断反省战争的氛围下成为政治上的禁忌，致使它成为二战后这个《宠儿》系列丛书中唯一一部未能重印的作品。埃尔泽后来在 1919 年出版了《宠儿》系列的第五卷，在 1923 年又出版了第六卷。她打算见好就收，但粉丝们坚决不答应，不断写信给出版社（Meidingers Jugendschriften Verlag），坚决要求出版社督促她接着往下写续篇。出版社找到这颗摇钱树，当然要劝埃尔泽接着写，埃尔泽只得又写了四卷。十卷本《宠儿》无疑奠定了埃尔泽在德国二十世纪文学史上的重要地位。到 1992 年，这个系列的销售记录是七百万册。

1926年，埃尔泽用写书的版税所得在普鲁士东部的克隆玉贝（Krummhübel，二战后归波兰，今卡尔帕奇 Karpacz）买了一栋度假小屋，名之为《宠儿之家》（Haus Nesthäkchen）。她和家人常常在这里度假。而出版社为了答谢粉丝，在1927年埃尔泽五十岁生日时假柏林阿德龙酒店（Adlon Hotel）举办了大型招待会，社长迈丁格（Kurt Meidinger）先生出席，在会上发行了全套十卷本《宠儿》的纪念版，吸引了众多粉丝和新闻单位参加。出版社甚至专门为《宠儿》丛书设立了专用邮政信箱，以便处理如雪片般飞来的读者来信。此后埃尔泽每月都要花不少时间回信，有时甚至在家中用蛋糕和巧克力招待热情登门拜访的粉丝。这是她一生中极为惬意而荣耀的时光。

除了《宠儿》十卷本系列丛书之外，埃尔泽还在1923—1929年出版了五卷本《孪生教授》系列丛书。这两套书都非常成功，她也出版了将近二十种小说以及数种短篇小说集。实际上她的写作生涯一直延续到1933年希特勒上台才结束。她的最后一本书流露出对希特勒上台的好感，认为新政权能克服经济危机，解决失业问题，以铁腕重建社会政治秩序，使国家更强大。不过正如莱雷尔指出的，我们现在已很难了解这是反映了埃尔泽自己天真的政治意识还是出版商为了取悦当权者而故意扭曲其作品。当1932年埃尔泽的长兄路德维希先后失去了妻子和女儿，一家人包括老母亲、路德维希、汉斯、埃尔泽以及护士从康德大街搬到帝王大道24号（Kaiserdamm 24）一个拥有九个房间的住宅时，他们尚算是住在较为封闭的高档住宅区，柏林城内日益增长的反犹主义情绪未对他们造成影响。不料1933年开始，纳粹上台，犹太人的商业活动便遭抵制，犹太人被禁止在政府任职，犹太医生被禁止从事社会保险计划内的医疗业务。1935 年埃尔泽便被逐出帝国作协。同一年九月，她妹夫黑伊曼被禁止从业。黑伊曼夫妇的长女莉斯贝特夫妇害怕局势继续恶化，移民到荷兰阿姆斯特丹；次女伊尔莎（Ilse Heyman, 1908–1989）则因支持犹太复国主义，而逃往巴勒斯坦地区。1936 年，黑伊曼夫妇的幼子克劳斯毕业后也移民到英格兰。这时候柏林的气氛已经极为紧张，明智而有远见的年轻人纷纷出走他国或被父母劝走。

更糟糕的是，1937 年夏，埃尔泽的二哥汉斯自杀了，更给全家带来一种末世气氛。这一年埃尔泽虽然不能再写作和发表新作，但试图在英格兰出版其《宠儿》丛书的英译本，不过一直未能如愿。1937 年 11 月起，纳粹政权已不再允许犹太人更换新护照，对很多护照过期的人来说，想要移民变得更为困难。到 1938 年，犹太律师已不能再从业，路德维希最终失业。而柏林城内已有上千犹太人被捕，政府也要求犹太人必须登记其私人财产，甚至开始要求犹太人必须在姓名中使用萨拉和以色列字样以显示其犹太人身份，护照上也加盖“J”字章以作为犹太人的辨识标志。埃尔泽在这一年曾短期访问伦敦，外甥克劳斯极力劝她移民英国，以免遭纳粹毒手。但埃尔泽心向祖国，更以老母在家无人照料为由，仍然无畏地返回了德国。

1939 年德国入侵波兰，二战爆发，埃尔泽一家深知前途未卜，路德维希也移民到伦敦。妹妹凯特一家则靠长女的帮助移民到阿姆斯特丹。埃尔泽居然还最后一次去了她买的度假屋。不过，很快便被盖世太保命令搬出帝王大道，前往纳粹指定的犹太人安置点索林格大街 10 号（Solingerstrasse 10）。1940 年，年逾九旬的老太太弗兰琪丝卡去世，埃尔泽寄出了她给外甥克劳斯的最后一封信。从这封信可以知道，这时候埃尔泽很后悔未能早些移民，她这时试图流亡到古巴。实际上在 1941 年 11 月以前纳粹仍允许犹太人移民到纽约、上海、哈瓦那、悉尼等四个港口城市，不过严峻的现实条件已经不再给埃尔泽离开德国的机会了。1941 年 4 月，埃尔泽的度假小屋被没收。7 月，埃尔泽通过国际红十字会给流亡在伦敦的长兄发出了最后一封信。9 月开始，柏林的犹太人被迫带大卫星出门。10 月，柏林开始大规模地将犹太人送往西恩施塔特和奥斯威辛集中营。而这一年克劳斯也一直想要父母从荷兰移民到伦敦，但他父母怕给他增加负担，未答应他，再说当时谁也没想到纳粹德国会很快在西线展开闪电战。在荷兰失陷之后，黑伊曼夫妇和长女莉斯贝特夫妇一家三口（包括其六岁的儿子）也在 1943 年被送进了集中营，不久便死在了集中营。这之前的 1942 年 9 月 29 日，在阿姆斯特丹的凯特一家也最后一次通过红十字会得知了有关埃尔泽的消息，但对改变其命运已无能为力。

很快在 1943 年 1 月 6 日，埃尔泽被带往柏林大汉堡街 26 号等着被送往奥斯威辛集中营，不过她那时候和大多数忐忑不安的柏林犹太人一样，根本不知道要被送往何方，更没有想到一周之后自己的生命会在陌生的奥斯威辛戛然而止。1 月 10 日，她被迫将全部财产交给盖世太保。1 月 12 日，编号为 638 的埃尔泽与其他 1190 名犹太人一起被送往奥斯威辛。第二天，这批被遣送者除了127名稍为身强力壮的犹太人被选出充任劳工之外，其他人均被送入毒气室，六十五岁的埃尔泽不幸正是这些人中的一位。

埃尔泽的一生可谓以喜剧开始，而以悲剧告终，但其作品最终仍广为流传，甚至超出国界，可谓因立言而不朽。她的《宠儿》系列尤其被认为是德国儿童文学经典之作。德文所谓“Nesthäkchen”实不易翻译，莱雷尔的英译本（*Nesthäkchen and the World War*）保留了这个词。在中文里也许应该有很多类似的对应词，但也很难找到直接对应的词，从官话到各地方言，至少可以说这是“家中宠儿”、“小皇帝”、“小公主”、“家中宝贝”、“乖乖女”、“老幺”、“幺妹”、“细佬”等等类似词语的集合，体现全家最喜爱的一个孩子对全家的重要性。我想，如果要找一个简洁而贴切的词，也许用“宠儿”不算太离谱吧。

这个《宠儿》系列主要以一位医生的女儿安妮玛丽·布劳恩（Annemarie Braun）为主角，讲述了她从幼年到结婚成家再到老年的生命历程，作者将其一生嵌入到二十世纪初复杂的历史背景之中，从中可看出浓厚的时代特色。我想，对于这个系列小说的细致分析应该留给文学研究者和读者，由广大读者自己去体会。这里仅就其中反映的一些思想略作提示。前文我们已提到，埃尔泽虽是第三代流寓柏林的犹太人，却已完全认同德国作为自己的国家，宗教上较为开明而政治上较为保守，主要体现在对国家的忠贞和不疑。而《宠儿与世界大战》中的确反映出对其他国家的敌视和对热爱德国的狂热。比如书中第二章内容反映出对俄国入侵东普鲁士地区深深的恐惧，以及对德军将士的热切支持。第三章提到参加德军在书中被视为是为了保卫德国的自由而加入圣战行列。安妮玛丽学校里很多男老师都参加了德军，而女老师也加入了红十字会的护士队伍，以支持前线的战争。第四章则直接以“为我们祖国的保卫者”为题，其中充斥着为国牺牲的道德说教。但书中并未质疑战争的性质，也没有对德国政权这部战争机器参加军备竞赛最后引发战争的反思。第五章则题为“宠儿惩罚日本”，日本被视为德国的敌人，因此在这一章出现了一位暹罗人邻居，但这人被称为日本人，平日和宠儿在楼道见面倒是彬彬有礼。不过随着日本成为德国的敌人，宠儿怀着对日本的仇恨以不再和此人打招呼来予以惩罚。这大概反映了 1914 年一战爆发不久，日本就趁机对德宣战并出兵占领德国在华领地青岛的历史现实。第六章题为“一个爱国小姑娘”，第七章题为“宠儿帮助东普鲁士难民”，都以德国在东线和俄国的战争为历史背景。这本书出版于 1916 年，当时美国尚未参战，但美、德两国关系已十分紧张，随后在 1917 年 2 月美国因受德国无限制潜艇战困扰而对德宣战。书中第十八章已有讨论是否美国将参战的谈话。第十九章写到 1916 年夏天来临，而作者将告别读者，期待战争结束。也许这时她已意识到战争的残酷吧，觉得难以继续写下去。正如莱雷尔指出的，一战进行到 1916 年，已经显示出异乎寻常的可怕和残忍，比如仅 1916 年 2 月的凡尔登战役，便夺去三十万法军和德军的生命。莱雷尔甚至认为，埃尔泽对战争的支持，或许也预示了她后来的悲惨命运。

埃尔泽自小生活在富裕的中产阶级家庭，也算得上才华横溢，却因为时代的原因未能接受高等教育，也许对国家、民族、个人命运的理解并非十分透彻。她个人的历史局限也反映出她对那个时代德国政治事务的天真和陌生，这确实是造成她个人悲剧命运的一个原因。一个人可以不关心政治生活、不参与政治生活，却不能不了解政治生活、认清政治走向，不能被正在进行的政治生活欺骗和利用。也许埃尔泽的命运可以给仍旧在世上活着的我们彰显这一点极为难得的教训和启示。

洪业先生早年北美巡回演讲释疑

1923 年 4 月纽约出版的《中国评论》(*China Review*)第 4 卷第 4 期登载了一篇编者按语，这篇按语抗议燕京大学借用北京大学的名字在北美募款，误导美国公众。文中说 :“基督教大学有很多令人佩服之处，而教会在中国的传教活动也值得称道。但我们并不总是赞同教会在他们的传教活动中采取的一些方式，其中一例便是目前他们在这个国家为一所所谓 the Peking University 的教会学校筹款。我们担心美国公众有一些对这所学校的混淆认识。很少人意识到这所学校其实与国立‘北京大学’毫无关系。北大一些教员是新文化运动的领袖，这些学者的文学改革让该大学声名鹊起。其教员包括中国思想领袖蔡元培、胡适、蒋梦麟博士，在其校园院墙之内还有一些知名学者如杜威、罗素、孟禄博士和爱因斯坦教授曾应邀前往演讲。那些参与最近改革运动的学生也大多来自这所纯粹中国的学校。另一所完全不同的大学，即所谓 Peking University(燕京大学)，是一所教会大学，依附一个教派。它现在到处讨要捐款，我们认为美国公众应注意两校的不同，公众可能迷惑于他们的捐款将给那所纯粹中国的大学，即另一个 Peking University(北京大学)。我们祝这所教会学校成功，但我们对这所学校目前的募款方式激发不出什么热情，他们从纽约随便找了个中国学生让他打着

'Peking University 历史学教授'的牌子在全美巡回演讲却不费心解释这个 Peking University 到底是啥。"在考察该文中的两校争议之前，必须提一下，这段话其实有一个小错，北大邀请过爱因斯坦，但他并未真正成行。该刊编者一方面抗议燕大冒用北大英文名，另一方面也有点虚张声势借用爱因斯坦的盛名。

当时《中国评论》的编者是梅其驹（Ernest K. Moy, 1895—1958），这个抗议评论或许出自梅氏之手。梅氏是在美国长大的侨民，和北大素无渊源，但他显然对北大在新文化运动中的角色并不陌生。《中国评论》实际上由他担任局长的纽约中国贸易局（China Trade Bureau）出版发行。他和哥伦比亚大学的师生来往密切。1925 年 3 月 22 日纽约侨界举行孙中山追思大会，他和罗隆基（当时是哥大博士生）、杜威、施肇基等人一起发言。二十年代初《中国评论》的政治倾向比较明显，即同情和支持孙中山领导下的广州革命政府，而并不支持北洋军阀控制下的北京政府。

不过，这个抗议说燕京大学派学生打着北大的牌子在美国募款确实是事实。我一开始没有注意到这位燕京派出的中国学生是谁，后来看到其他材料，才意识到这位学生其实是当时尚不满三十岁的青年学者洪业。刚好 2013 年陈毓贤《洪业传》增订再版了，也提到了这段往事，值得讨论。《洪业传》第九章提到了洪业从协和神学院毕业后在北美各地巡回演讲，并在 1922 年得刘廷芳介绍认识燕京大学校长司徒雷登，获聘为该校教会史助理教授，"答应在美国多留一年，帮助燕京大学副校长路思义（Henry W. Luce）为学校募款"。洪业因此在美国各地巡回演讲，在一年半时间内为燕京募款达两百万美金，主要用于修建新校园。《洪业传》对洪业演讲的题目和内容等细节提供不多，亦未提及他的巡回演讲引起《中国评论》编者抗议燕大借重北大之名四处募款一事。我们现在借助当时社会媒体和教会出版物，实际上可以获得更多信息。

本文一方面希望用新材料解释当时北美公众对燕京大学和北京大学之混淆，另一方面也用新材料提供有关洪业北美巡回演讲的一些细节，给读者提供了解洪业早年思想状态的一点信息。在我们今天看来，当时北美出版物出现的洪业至少有冒充北大人（实是燕大人）、冒充博士（实只是博士生）、冒充讲座教授（实只是助理教授）、冒充山东巡抚之子（实只是知县之子）四大嫌疑，但考虑到他当时年纪不满而立，而一系列演讲乃是燕京大学副校长路思义组织安排，为了给襁褓中的燕京大学募款，再说他其实控制不了新闻和教会出版物对他演讲的报道，所以也算情有可原了。

洪业当时在纽约华人圈子里算是半个名人，他常常出席政界、学界和教会的聚会，很多人都知道他。1923 年 4 月出版的《中国评论》没有点名批评他，还算客气，也比较符合这一杂志编者按语的一贯做法。实际上在 3 月出版的《中国评论》中有条消息也提到了洪业。这是一则报道中美协进会 2 月 14 日在纽约举行年会的消息，这次年会选出新一届领导集体，之后举行酒会，祝酒人是该会创始人麦克尔罗伊，而其中发言的人包括多位名流，如中国驻纽约总领事张祥麟、知名记者和政治活动家拉塞尔（Charles Edward Russell）、纽约动物学会会长奥斯伯恩（Harry

Fairfield Osborn）、前国务卿科尔比（Bainbridge Colby）、演员威尔逊（Francis Wilson）、女作家普莱斯（Olivia Price）等人，洪业竟然也列名其中。

洪业涉嫌“四大冒充”之谜

美国公众有没有误解洪业（他当时用洪煨莲 William Hung 的名字）是代表北大在北美募款呢？确实是有的。就目前资料而言，至少有三次演讲，洪业的单位明确被写作北京大学（the University of Pekin/Peking），而且在多家报纸上有报道。下面列出这几个例子来略加说明。

第一、1922 年 2 月 22 日美国革命之子协会俄勒冈分会举行了年会，这次年会邀请了三位学者演讲，分别从美国、英国、中国的角度讨论美国总统华盛顿的贡献和影响。首先由里德学院校长舒尔茨（Richard F. Scholz）演讲《华盛顿与美国传统》；接着前任牛津大学、时任威尔士大学教授齐默恩（Alfred E. Zimmern）演讲《当前国际局势》，齐默恩刚刚作为观察员参加了在美国首都华府的限制军备会议；最后是北京大学（the University of Peking）历史学教授洪煨莲演讲《华盛顿对中国人的影响》。不过我们不清楚洪煨莲演讲的具体内容。洪业当时只是刚成立三年的燕京大学的一位二十八岁的年轻助理教授，能和美国大学校长和英国名校资深教授同台演讲，所获礼遇非同寻常。

第二、1922 年 3 月 15 日出版的《贝蜜吉每日先驱报》、3 月 18 日出版的《哥伦比亚密苏里人晚报》、3 月 27 日出版的《华盛顿论坛报》都援引合众社的消息报道了 3 月 15 日北京大学（the University of Peking）历史学教授洪煨莲在旧金山的演讲。这次演讲的大意报纸上也有报道。洪说，自从向西方文明打开其大门，中国现在进入了第三个历史新纪元。这个新纪元将带来中国的真正觉醒。洪教授也相信中国将拉近与美国的关系。他认为有下列三大政策将操控中国之命运：一是利益均沾政策，每个欧洲强权都想在中国寻求领土利益以维持权力平衡；二是日本的单边利益政策；三是华盛顿会议之后确立的门户开放、机会均等政策。第三个政策似乎可给中国带来光明的未来，世界各国均应放手在华利益，中国似乎被允许在国家大家庭中取得合法地位，各国都相信和平和进步，反对战争和侵略。未来文明的大戏将登上太平洋的蓝色舞台。洪教授说，我们相信和平是因为信念比肌肉强大，理想比身体力量更有力。他指出，对世界而言，意识到中国大门将向世界上所有带着帮助和同情精神的国家敞开的时候到了，现在所有国家应考虑对华进行友好商业往来，而不是巧取豪夺。在中国人民来说，发展空间很大，与外国进行商业贸易往来的空间也很大，但这样的往来必须由友谊、同情、合作和理解来引领。

第三、1922 年 7 月 26 日洪业到佛蒙特莫里斯韦尔为当地的肖托夸社团演讲。该社团的报道说中国演讲家洪煨莲是最杰出的旅美中国人之一，其父系山东学者和政治家洪曦。洪煨莲在美国留学五年，先后毕业于俄亥俄卫斯理安和哥伦比亚大学，并入选多个荣誉学术团体。他也是纽约中国信息局的组织者之一。他的一大兴趣是探讨中美之间友好关系问题，在莫里斯韦尔演讲的题目是“世界戏剧中的中国”。他将不仅带来一手信息，同时作为一位演说家，他讲一口令人妒忌的好英文，有着难以抗拒的幽默。这次演讲之后，他将回到中国担任北京大学（the University of Pekin）历史教授。这段报道大体可信，唯一的问题是所谓“北京大学”。

这三篇报道中所提到的 the University of Pekin/Peking 应该是《中国评论》编者所抗议的北京大学，因为燕京大学一般用 Peking University 的名字。实际上，在 1919—1925 年间北京大学和燕京大学同时使用英文校名 Peking University，也因此造成一定困扰，燕京大学最终在 1925 年被迫改称 Yenching University，以避免和北大的英文名字混淆。北大在京师大学堂时期英文名字常用 Imperial University of Peking，类似于日本的帝国大学，而共和之后改称为 Peking University 或者 the University of Peking。在英文出版物中，1910—1920 年代一般称之为政府所立“北京大学”（the Peking Government University，比如 1922 年 7 月出版的《中国评论》第 3 卷第 1 期 19 页说到北大发生文学革命时用这个词）或者“国立北京大学”（National Peking University），或者简单称为北京大学 Peking University 或者 the University of Peking。而当时汇文大学也用 Peking University 的名字。1919 年，北京三所教会学校华北协和大学、汇文大学（Peking University）、华北协和女子大学合并，组成一所北京地区教会大学联盟，中文名字用燕京大学，英文名字则用 Peking University，似来自汇文大学的英文名。1920 年 2 月 5 日出版的美国《大陆》称之为 Union Peking University，中文或许可称为“协和汇文大学”，代表三所教会学校。当时的报道还说这所大学代表北京城内外所有教会学校的联盟，将设立一所文学院、一所理学院和一所神学院，以及一所女子学院，以后还将设立新闻学院、教育学院，以及职业训练学院，以便吸引全中国的学生。托事部（Board of Trustees）总部设在纽约。换言之，这完全是一所美国在华设立的大学。

中文出版物中，北京大学和燕京大学是完全两所不同的大学，一目了然。但在英文出版物中两者都以 Peking University 出现，这对来自两所学校的北美校友来说，如何判断其归属，唯有看其出现的语境，而两校校友对这样一个名字的理解和感觉是完全不同的。因此，《中国评论》抗议当时尚名不见经传燕京大学“冒用”北大之名募款也是可以理解的。

最后再说一点，《中国评论》编者抗议燕京大学误导公众也不是没有缘由的。编者特别提到北大因为在新文化运动和五四运动中声誉鹊起，一些领导人如蔡元培、胡适、蒋梦麟等人名声在外。而洪煨莲的演讲也确实有时容易误导听众。据《美国长老会大会会议记录》（第三系列第一卷，1922 年，283 页）提及 Peking University 教会史教授洪煨莲在旧金山神学院做了一场特别演讲，题目是“中国的文艺复兴运动”。中国发生新文化运动时，洪煨莲正在美国求学，和这一运动毫不沾边。我们不清楚这一演讲的具体内容，但他打着 Peking University 的招牌讲文艺复兴题目，当然容易让北大校友误会他借重北大声誉在北美赚眼球。1919 年才成立的燕京大学当时年仅三岁，还处于艰难创业阶段，国际声誉远远不如北京大学，所以也许在北美募款时在宣传方面有虚虚实实借重北大名气之处。这正所谓假作真时真亦假，无为有处有还无。

当时美国公众对洪煨莲的误解除了工作单位之外，还包括其父亲的职位背景。1922 年 7 月 29 日佛蒙特《喀里多尼亚人报》报道了洪煨莲为当地肖托夸社团做“世界大戏中的中国”主题演讲，简介将洪业介绍为“前山东巡抚（former governor of Shandong）之子”，并曾求学于多所美国大学，获得许多荣誉。洪曦一生从未做到山东巡抚，只做过知县。简介这么说有点太夸张了,把洪业从一位“县处级干部”之子说成是“省部级干部”之子，也许是帮洪业联系巡回演说的组织（演讲厅 Lyceum）给包装出来的。洪业在这次演讲中说，有三种外国力量在塑造中国，即日本军国主义和资本主义精神、俄国布尔什维主义宣传、美国共和主义，它们三者在中国和太平洋地区角逐。他特别指出日本野心勃勃并醉心于战争，而中国人民热爱和平。他说到日本想统治东方，目前已占据中国台湾、朝鲜半岛以及一部分中国东北地区。而苦难与饥荒又导致了俄国布尔什维主义的广泛传播，但历史告诉我们，苏维埃主义对中国而言不应作为政府形式选项。洪业指出，在中国有成千上万人拥护日本的原则，而更多人则喜欢布尔什维主义。其他中国同胞在寻找美国共和主义与中国现实的结合。他提醒听众，中华民国刚满十岁，所以目前不能判断其成功与否。最后洪业强烈恳请美国人民应更多地了解中国人民，两国人民应该在世界事务中结成伙伴关系才能实现终极民主。

当时报纸对洪业的介绍比较混乱，有些时候可能是组织者为了吸引听众而有意夸张。在这之前 1922 年 6 月 8 日出版的《基督徒论坛报》没有夸张地说洪煨莲牧师是山东巡抚之子，只说他是山东学者洪曦之子，先后毕业于俄亥俄卫斯理安大学、协和神学院和哥伦比亚大学，但又夸张地说他将在本年秋季回到中国去燕京大学任神学讲座（a chair of theology）。其实洪业在燕京大学担任的教职是历史学助理教授,并不是神学讲座。不过，他曾求学于纽约协和神学院一事在当时留学生之中可能广为人知。另外，当时好些报纸都叫他洪博士，其实他也不是真正的博士，根本尚未拿到学位，只是博士生而已。这个情况似乎在当时比较常见，胡适在未正式获得博士学位之前，也被学界和媒体普遍称为胡博士。

洪煨莲的头衔有时也写作世界史教授。比如 1923 年 5 月出版的《扶轮人》(288、313 页）报道了纽约洛克波特扶轮社举行的午餐会。此次邀请洪煨莲演讲，题目是“在即将来临的大戏中的中国”。洪业头衔写作燕京大学（Peking University）世界史教授(Professor of World’s History)。洪业被认为是一位通晓英语、个性和蔼的杰出演说家。在这次演讲中，洪煨莲表达了他在美国各地扶轮社所获得的善意。他和燕京大学校长在全美各地巡回演讲让美国公众更好地了解中国的方式和问题，也提出了中美在世界事务中合作的各种可能性。

洪业巡回演讲理性与和平

上述佛蒙特的报道比较详细地提到了洪煨莲演讲的内容，其重点是亚太地区的政治和国际关系，特别是中、日、俄、美在亚太地区的角逐。洪煨莲很明确地表示赞成美国共和主义在中国施加影响，反对日本军国主义和苏俄布尔什维主义。尽管他本人有基督教信仰，但他演讲比较少涉及宗教，反而借用了孔子的思想，强调中国文化传统中的理性与和平思想。

实际上，亚太和国际政治关系是洪煨莲北美巡回演讲的主题，他在多次演讲中推崇和平，反对强权。斯坦福大学 1921—1922 学年年度报告即提到 1922 年 2 月 13 日燕京大学副校长路思义、洪煨莲教授做了题为“太平洋地区诸问题”的特别演讲。当时两人从北加州到西雅图做了十周的太平洋沿岸巡回演讲。1922 年 4 月 11 日则有报道说燕京大学教授洪煨莲在俄亥俄协会演讲“华盛顿会议之后的中国”，他对中国的未来充满信心，不受侵略成性的邻居干扰，继续保持和美国的传统友谊。他也认为中国的文化和文明具有整体性和单一性，人种也是相同的，这给予中国无限活力，也在华盛顿会议上给予中国力量。他恳请听众对中美之间的友好感情继续下去。1922 年 5 月 24 日上午，洪煨莲在波士顿特雷蒙教会的奇普曼堂参加女子普救派差会早餐会，讨论“东方的女子协和教会大学”，其他发言人包括曼荷莲女子学院校长伍利女士（Mary Woolley）、马德拉斯女子学院副校长孔恩女士（Edith Coon）、卫斯理学院汤普森（Seal Thomson）教授，以及差会全国主席皮博迪夫人（Mrs. Henry W. Peabody）。这些人的身份、地位、资历都比洪业要高得多，洪业应该在讨论中也是获益匪浅。而在 6 月 15 日佛蒙特州莫里斯韦尔一些基督徒也参加了肖托夸组织的洪煨莲演讲“中国的人与事件”，他被认为个性很好，也对中国的特点很了解。1923 年 2 月洪业在南加州大学做了两次演讲，也主要宣传中美两国要团结合作，维护和平，不仅维护一个和平的太平洋，更要维护一个和平的世界。

洪煨莲的演讲偶尔也涉及基督教。据 1922 年 2 月 27 日《西雅图之星》报道，2 月 26 日洪业在西雅图清教徒公理会演讲，指出中国最大的需要是基督教。另据 1922 年《女子海外传教通讯》（577 页），燕京大学当时尚未开始建设新校园，但已经和芝加哥、罗切斯特以及其他几个城市合作讨论建设校园的工作。洪煨莲在芝加哥和密尔沃基等地做了几场演讲，主要面向当地基督徒，所以特别讨论了一些基督教的敌对力量，这包括罗素及其信徒以及布尔什维主义等反对基督教的宣传等等。他感到这些反基督教思想深深植根于政府公立学校的学生心中。这样比较明显地站在教会立场的演讲，当然也是为了吸引北美教徒，特别美国中西部教徒，支持燕京这样的教会大学。教会出版物提到洪煨莲时，有时也给其冠以牧师（Reverend）之名。

洪煨莲巡回演讲的主题是国际关系，与当时的国际局势有密切关系。1918 年一战结束，1919 年巴黎凡尔赛和会上中国外交遭到挫败，国内爆发五四运动。1921 年 11 月至 1922 年 2 月，在美国首都召开了国际会议，中国、日本和西方七国列强参加，主要讨论限制军备问题和太平洋与远东问题，会议最终确立在中国实施门户开放和机会均等政策。日本也在西方列强所施加的压力下，将一战中从德国手中夺走的胶州湾和胶济铁路交还给中国。这一会议对北美中国留学生影响很大，也对洪煨莲的系列演讲有着十分直接的影响。

早在 1921 年底，洪煨莲演讲的主题便是中国和世界如何相处，希望列强尊重中国，维护亚洲和世界和平。据 1921 年 12 月 14 日《绘画、油与化学评论》（第 7 页）报道，1921 年 12 月 10 日五十位成员在纽约药物与化学俱乐部参加了一次午餐会，在讨论正题之前，俱乐部成员们有幸聆听了来自北京的洪煨莲博士演讲。洪博士多年从事传教工作，目前是纽约市美以美会一位很有影响的会员，不久他会回到北京从事传教工作。演讲前介绍洪博士的是绘画俱乐部的主席哈尔曼（William S. Harmon），哈尔曼也简单介绍了中国的古代文明，中国的诸多发现与发明，并且指出现代绘画工业从中国文明获益良多。

根据当时的报道，洪博士演讲涉及中国国民生活和良知问题、政治问题以及中外关系，特别谈到了华盛顿国际会议。他指出中国的地位相当于民族竞赛中的原告，它所遭受的伤害应该得到正当的判决，即列强应迫使日本将其夺走的权益归还中国。洪博士也认为，应该将一些国际关系中的基本原则进行清晰定义。比如这次会议目标是努力达成一个真正持久的世界和平，日本应该尊重其他国家的权利，美国和其他列强可以通过减少其军备来实现持久和平，军备竞赛将像癌症一样侵蚀中国以外其他各国的活力。而中国可为世界和平做出真正贡献，因为它本质上热爱和平并真诚地相信和平，它亦有很好理由热爱和平，因它领土广大、人口众多、资源富饶、人民勤劳，致力于发展自己，不需要扩张，也不需要到世界其他地区探险，也不相信战斗，而相信世界各国应以理性来解决其分歧。

和平和理性是洪业这次演讲的两大主题。他认为武力是灾难性的，只有理性可以最终获胜。中国在过去的四千五百年历史上被打败过多次，虽然被征服，却并未报复征服者。他特别说到满人在两百多年前征服了中原，直到十年前其统治才被推翻。他指出："（我们）没有把统治我们的皇帝杀掉，还给他留着一座很好的皇宫并提供四百万元供其挥霍。我们对满人以德相待。结果两个民族成了朋友而非敌人。"但他也注意到当时一些军阀在中国开始崛起，影响了和平。有趣的是，他作为基督徒，却指出孔子教导人们理想主义提供了达到持久和平的种种可能性，可能因为没有这种理想主义，中国会出现令人悲伤的结果。在他看来，和平是一种精神，应该通过人和国家的心灵来成长和扩大。他说他曾很信任国联，但这一信任已大大削弱，因为他已经看到那些凡尔赛会议桌边的政客被怀疑、恐惧、对土地和物质的贪婪控制住了。这样一来，世界的持久和平不可能达成。不过，洪博士对美国前总统威尔逊表达了敬意，北京以前有条街叫威廉大街，一战结束后改名为威尔逊大街。他认为威尔逊和孔子一样是理想主义者。

这些报道让我们了解了更多二十年代初洪业回国前的思想状态和现实关怀。虽然他是基督徒，但他也许是为了表彰中国文化传统，特意借用孔子的理想主义来说明中国是一个热爱和平和理性的国家，寻求远东和世界和平，而不是扩张，也不卷入军备竞赛。虽然他的演讲充满政治修辞，但多多少少反映出他作为一位和平主义者的内心想法。

余协中先生早年留学科尔盖特的一点史料

余协中、余英时父子均负笈哈佛，均有学术成就，在中国现代史上很罕见。除他们之外，似乎只有巫宝三、巫鸿父子均从哈佛获得博士学位，也均在自己的学术领域取得非凡成绩。有关余协中先生早年在海外留学的情况，需到科尔盖特学院和哈佛大学寻找档案，但恐怕资料并不易找。最近读一些有关燕京大学的材料时，注意到燕京大学与科尔盖特学院有不少学术交流，而科尔盖特学院的出版物中有些信息还是可以帮助我们了解余协中先生留学的历史背景。

余协中先生在纽约州哈密尔顿市科尔盖特学院（Colgate College）时曾在该校伊顿楼做过工读生。科尔盖特学院 1927 年的记录说这一年在伊顿楼（Eaton Hall）来了两位外国工读生，其中一位是来自北京的余协中。伊顿堂是科尔盖特校园内最壮观和位置最好的大楼之一，由浸信派教会建造，位于校园西侧，俯瞰希南戈谷地。除了能容纳约五十个学生的宿舍之外，还包括一些教室、一间客厅、自习室、教堂、图书馆、健身房、院长办公室、纽约州浸信派教育协会的通讯秘书办公室。这个伊顿楼大概是余协中先生学习和生活的主要区域。

科尔盖特学院 1927 年的校报（*The Colgate Maroon*）记载当年的毕业典礼于 6 月 13 日上午十点开始举行授予学位典礼，其中硕士学位的名单中有余协中先生的名字。授予学位典礼之后，当天下午有科尔盖特与康奈尔大学的棒球赛，作为庆祝。6月12日是周日，有位中国教会代表顾子仁（Koo Tse Zung,1887—1971）被请来做了毕业典礼演讲。余协中先生当时是否参加了这些活动，目前尚无资料证实。但他当时应该还没有立即去哈佛，哈佛的课程要等到秋天才开始。

余协中先生在哈佛的学习和生活不是很清楚，仅王汎森先生提示余先生曾在哈佛追随老施莱辛学习历史。实际上，麻省牛顿神学院出版物里已简略提到余协中，注为1926年北京燕京大学学士，1927年科尔盖特大学文科硕士。住在法威尔楼六号（6 Farwell Hall）。法威尔楼建于1829年，系牛顿神学院学生宿舍楼，一共四层，6号应该在一楼。牛顿神学院建于1825年，属于美国浸信会培养研究生的神学院。余协中先生为何住在这里，在哈佛上学，尚需更多材料进行探讨。也许是因为从科尔盖特获得的联系给介绍到住在神学院，因为科尔盖特也是教会学校，燕京大学也是教会学校。这一路读过来也许有线索可以联系起来。

余协中先生为何从燕京大学去科尔盖特学院？原因无从得知。不过，翻看其他资料，会发现一些材料也许有助于了解余协中赴科尔盖特求学的历史背景。

有一位科尔盖特学院的历史教授洛伊（Walter I. Lowe，1867—1929）曾在1925年秋天访问了燕京大学，并捐赠一大批图书给燕大。这个图书馆包括了大量历史学、经济学和政治经济学著作。这些书将从纽约州的哈密尔顿市运往燕京大学

（*The China Journal*, vol. 3, 1925, p. 628）。燕京大学在 1925 年将神学科升级为宗教学院，开始招收大学本科生。这一举措获得教会的支持，也赢得了不少捐赠。洛伊的捐赠也许是这一捐赠运动的一部分。洛伊 1925 年秋访问燕京大学并捐赠私人图书馆是否和 1926 年余协中去科尔盖特学院有联系，目前并无直接材料证明。

洛伊教授在 1925 年秋季学期正进行学术休假，他在这段时间里以老迈之年访问了日本和中国，1926 年 2 月才回到科尔盖特学院继续教课。他来中国是由其女婿甘博（Sidney Gamble, 1890—1968）安排的。甘博是宝洁公司创始人老甘博的孙子，1912 年本科毕业于普大，后来到加大伯克利分校学习经济学。1917—1919 年来华为基督教青年会服务，并在步济时（John Stewart Burgess）帮助下进行社会调查，同时在燕京大学兼职任教，1921 年出版了《北京的社会调查》一书，轰动一时。之后又到纽约协和神学院、哥大进修。1924 年春与洛伊教授的长女伊丽莎白・洛伊结婚。之后很快又来华工作。甘博 1925 年春 1 月份到上海从事社会和经济调查研究，后取道秦皇岛和天津回到北京。4 月份，与恒慕义、富善等人一同游览北京妙峰山。1925 年夏到日本与岳父、岳母老洛伊夫妇会合，并陪他们游览北京、北戴河和山海关。1925 年秋甘博先后在燕京大学、联合医科大学任教。甘博在华期间拍摄了数千张照片，现在成为杜克大学图书馆的珍藏品。

洛伊教授是科尔盖特学院的西洋史教授，他也许是余协中在科尔盖特的老师。他来自麻省的怀廷斯维尔，高中毕业后进入耶鲁大学学习。1886—1887 学年住在柳树街（218 Willow St.），1890 年耶鲁本科毕业，当时住在沃利道（22 Whalley Ave）。毕业后继续读研究生，1891—1892 年获得耶鲁研究生乌尔西奖学金。1897 年耶鲁博士毕业，论文题目是《导致英格兰爱德华三世采取法兰西国王称号的一系列历史事件》（一共 260 页，后来 1900 年其简本发表在美国历史学会的年度报告）。洛伊毕业后留校任历史系教师。1900 年获聘为威尔斯学院历史、政治学和社会科学讲座教授，离开耶鲁。1909 年代表威尔斯学院参加哈佛校长罗维尔就职典礼。1920 年被礼聘为科尔盖特学院历史学教授，此后待在这里任教直至退休。1926 年余协中来科尔盖特时，洛伊是学校的西洋史名牌教授，余协中上过他的课应不成问题。

洛伊在耶鲁的指导教授是著名史学家亚当斯（George Burton Adams，1851—1925）。毕业后洛伊能短期留校任教若干年，可能跟亚当斯的提携也有关系。他离开耶鲁后仍和亚当斯密切联系。亚当斯 1888—1925 年执教耶鲁，是美国知名中世纪史家，曾任 1908 年美国历史学会会长，是《美国历史评论》的创始人之一，1918 年被选为美国文理科学院院士。亚当斯是比较传统的学者，重视政治事件的影响，哀叹传统史学界逐渐受社会科学影响。但他这一立场遭到罗宾逊（James Harvey Robinson，1863—1936）的强烈挑战。亚当斯对政治事件的重视也影响了洛伊，这一点特别体现在洛伊的博士论文选题之中。

其中亚当斯所著《法兰西民族的成长》一书出现在余协中《西洋通史》的参考书目之中，余协中使用的是 1926 年重印本。

余协中很可能在科尔盖特念书时上过洛伊的课，由洛伊指点而读亚当斯的著作。余协中《西洋通史》中也引了另外一位耶鲁大学历史系美国史教授伯恩（Edward Gaylord Bourne，1860–1908）的书，即伯恩1903年编辑整理的法国学者傅立叶（August Fournier）1885年所著《拿破仑一世传》。伯恩1883年毕业于耶鲁。1888—1895年任教于阿代伯特学院，1895年起回母校耶鲁任教。当时正好洛伊还在耶鲁读书，伯恩大概也是洛伊的老师。后来大概洛伊在科尔盖特也指点了余协中读伯恩的这本书。

洛伊在科尔盖特学院是一位非常热衷于参与学生活动的教授。他常常参加学生兄弟会的活动，也是周五学生《圣经》读经会的常客。他也是一位世界主义者，愿意帮助外国学者适应校园生活，并帮助美国学生了解世界其他地区的文化和生活状况。1925年2月25日校报报道在洛伊教授的努力下科尔盖特学院世界学生会成立，这是为了增进外国留学生之间的友谊。俱乐部主席是1925届沙巴兹（A. Shabaz），副主席1925届渡边（K. Watanabe），司库是1926届博伊特尔（L. Beuthel），通讯干事是1925届阿伦（L. Allen）。俱乐部成员限于大学注册的外国学生，以及有限的选入俱乐部的美国学生，一定数量的教授。

洛伊是指导世界主义俱乐部的主要教授，这个俱乐部的聚会常常在他家里举行。1927年11月2日出版的校报第四版报道了甘博在中国从事广泛的社会和经济研究之后回到美国，在洛伊先生家里举行的科尔盖特世界主义俱乐部聚会上介绍在东方的经历，并放映了他拍摄的照片，吸引了大约二十位俱乐部成员出席。洛伊这种热衷于照应外国留学生的作风是否是余协中先生去科尔盖特留学的原因之一，不是十分清楚。但是因为洛伊在1925年曾去燕京大学访问并赠书，1926年秋余协中到了科尔盖特，想必也会得到洛伊的照拂，也许余协中在伊顿楼做工读生也有洛伊的关系。

洛伊著述不多，但其声名颇为彰显。1928年10月10日科尔盖特校报报道十七位教授被列入《美国名人录》，其中包括历史学教授洛伊。洛伊1929年2月21日去世于佛罗里达冬园过冬的家中。1929年2月27日校报登载了洛伊的讣告。讣闻说，洛伊自1920年起任历史学教授，1927年学期中因病休假，之后一直待在佛罗里达，当时长女嫁给甘博，而次女凯瑟琳死于两年多以前。洛伊遗体运回新泽西莫里斯镇安葬。

《柳如是别传》之前的钱谦益研究

引 言

陈寅恪先生晚年所撰写的巨著《柳如是别传》自刊行以来，随着其声名之广布，引起了学界内外的广泛关注。在诸多评论之中，比较重要的一篇是明清史专家何龄修先生1989年在中山大学《纪念陈寅恪教授国际学术讨论会文集》中发表的《〈柳如是别传〉读后》，此文对《柳如是别传》的得失做了十分详尽的探讨。陈先生并非第一位讨论钱谦益的学者，但此书一大特色是将前人讨论的重点从钱谦益转移到了柳如是。他以考证“河东君之本末”来表彰“婉娈倚门之少女、绸缪鼓瑟之小妇”的独立之精神、自由之思想，实在是一个颠覆性的创举。他在书中对柳如是非常推崇，认为如果说钱柳夫妇可以用来比附赵孟頫、管道升，则钱不如赵，因柳的诗作、书法均胜过钱。换言之，在陈看来，不独思想精神境界钱不如柳，文艺造诣也是柳胜于钱。

《柳》一书引用第一手资料极多，这对于目盲后的陈寅恪来说极不容易。尽管如此，仍有一些学者如何先生等指出其引用、解释材料之失误。不过，我觉得另一个值得注意的问题是此书引用第二手文献较少。从现代学术的规范来说，这无疑是令人遗憾的。但这毕竟是半个世纪以前的老书，不必苛责于前贤。

陈先生早年特别强调学术的国际视野。如 1930 年他在给陈垣《敦煌劫余录》所写的序（载《历史语言研究所集刊》1930 年第 1 本）中说："敦煌学者，今日世界学术之新潮流也。自发见以来，二十余年间，东起日本，西迄法英，诸国学人，各就其治学范围，先后咸有所贡献。"他提醒中国学人在敦煌学这个领域日本和欧洲学者均有贡献。1931 年 5 月他又在《吾国学术之现状及清华之职责》（载《国立清华大学 20 周年纪念刊》）中说："东洲邻国以三十年来学术锐进之故，其关于吾国历史之著作，非复国人所能追步。"并且，"盖今世治学以世界为范围，重在知彼，绝非闭户造车之比"。因此，他早年回国之初是比较注意吸收和借鉴欧美日本学者研究成果的，引用日文和西文的二手资料较多。回国日久，便越来越"本土化"，不再广泛借鉴洋人的研究成果。到晚年，更因为无法接触到洋人的研究成果，引他人的研究就少很多。另一个技术原因是目盲后很难依靠助手翻检西文资料。

实际上，中外学者对钱谦益注意较多。早在 1953 年陈寅恪着手写《柳》书之前，1948 年其清华同事吴晗便发表《社会贤达钱谦益》一文，从阶级斗争的角度批判了钱谦益，实际是一篇政治檄文。作为吴晗的同事，陈先生当时尚未转向研究钱柳因缘，而 1948 年北平已山雨欲来风满楼，陈已经注意到王永兴等学生的"左倾"，系里同事的政治倾向如何，陈心里应该有数。他虽然未提这篇"雄文"，但不可能不知道其存在。不提是因为不值得提。

除了吴晗之外，日本学者吉川幸次郎差不多和陈寅恪同时致力于研究钱谦益，1959、1965 年先后发表《钱谦益与东林：作为政客的钱谦益》（载《日本中国学会报》第 11 号，131—143 页）与《钱谦益与清朝经学》（《京大文学部研究纪要》第 9 号，1—83 页）两文。这两篇文章，陈先生都未参看，也许因为当时甚难接触到日文资料。后来吉川在 1980 年又发表《作为文学批评家的钱谦益》（《中国文学报》第 31 号，64—89 页）一文，陈先生也不可能看到了。《柳》书并非未注意日本学者的研究成果，该书引了宫崎来城《郑成功年谱》。

事实上，陈先生在撰写《柳》书时颇注意海外学者研究成果。据竺可桢说，他 1964 年 4 月飞赴广州视察南方科研机构时曾顺道至中山大学拜访陈寅恪。当日下午四点至中大去了姜立夫和陈寅恪家，其实姜、陈两人也是他早年在哈佛的校友。他先在姜家略坐，后与姜一起去看陈。陈说在 1962 年 9 月 Eastern Horizon（《东方地平线》）中有 Mote 书评："曾提到渠近作明清之交的历史问题。我允为之查复。"（1964 年 4 月 13 日日记；《竺可桢全集》第 17 卷，99 页）但后来竺似未找到此文。此处 Mote 即牟复礼。其实《东方地平线》1962 年只出到第 8 期，因主编突然去世，第 9 期迟至 1963 年才刊出，上面并未刊出牟复礼的文章。无论如何，陈当时是很关注海外研究的。可是不知为何，他没有引任何早期西文的钱谦益研究。也许因为缺乏能为其寻找和阅读西文文献的助手帮助吧。

欧美学者开始阅读钱谦益

除了中日学者之外，二十世纪初颇有几位欧美学者注意钱谦益的作品，如二十年代伯希和（Paul Pelliot）、恒慕义（Arthur W. Hummel）、30 年代福克司（Walter Fuchs）、穆尔（A. C. Moule）、富路特（Luther C. Goodrich）等学者各自发表法文、德文、英文论著，提示或参考钱谦益的作品，尽管他们的研究重点不是明请史。这些人其实都互相认识，学术上相互受益不少。受富路特指点，其学生卜恩礼（Heinrich Busch）也在四十年代的博士论文中使用了钱谦益的资料。不过西方第一位专门讨论钱谦益的学者是富路特，其 1933 年出版的博士论文中有专章为钱谦益作一小传。其次是卫德明（Hellmut Wilhelm），他 1942 年在《华裔学志》发表《有关钱谦益的书目札记》（"Bibliographical Notes on Ch'ien Ch'ien–i," *Monumenta Serica* 7: 1/2, pp. 196–207），首次将钱谦益本人列为考察的对象，撰写专文介绍钱谦益所留下的论著及其版本。

早在二十年代，伯希和即已经注意到钱谦益的作品。1913 年他和沙畹发表《摩尼教入传中国考》长文，引起中国学者王国维和陈垣的兴趣，王、陈两人先后发表相关文章进行探讨。1923 年 7 月，伯希和又在《通报》发表《福建摩尼教遗迹》一文，在王国维、陈垣的讨论基础之上，用当地史料探讨福建摩尼教。因陈垣提示了何乔远《闽书》中所记泉州摩尼教，伯希和则特别提示了王、陈未注意的何乔远《名山藏》一书中有关摩尼教史料，从而引了 1640 年钱谦益为该书所作的序。伯希和显然看了钱谦益的序而指此书书名“名山藏”来自司马迁《史记》自序所谓“藏之名山”一说（“Les traditions manichéennes au Fou-kien,” *T'oung Pao*, 2nd Series, 22: 3, p. 196；该文由冯承钧译出，见《西域南海史地考证译丛九编》, 中华书局，1958 年，128 页）。此序全名为《少司空晋江何公国史名山藏序》(《牧斋初学集》, 上海古籍出版社，1985 年，848–850 页）。钱谦益受人之托，为此书作序，他在序中回顾了司马迁、韩愈、司马光等人参与修史的特色，说《名山藏》撰成有三难三善。所谓三难，一是“昭代之人修昭代之史”忌讳太多；二是“以一人一时网罗一代之事，既非专门服习之举，又无史局纂修之助”；三是当时何乔远修史不像司马光先有史料长编打底，而面临记载纷纭，援引证据较寡的困境。钱谦益指出此书取名《名山藏》乃是为了“隐史名”；而其书只有记，未用本纪、志、传则是“削史体”；此书未缮写进御则是“辟史职”。陈寅恪《柳如是别传》未提此序。不过，陈寅恪引了钱谦益同时代学者陈子龙为《皇明经世文编》所撰的序，其中对史学的评论也归纳为三点。陈子龙认为明朝二百七十年历史上，“遗文绪论，未有统汇，散于江海，盖有三患焉。一曰朝无良史。二曰国无世家。三曰世无实学。”(《柳如是别传》297 页）。1924 年伯希和发表一篇论文讨论《说郛》, 则提到了钱谦益所编《列朝诗集》(“Quelques remarques sur le Chouo fou,” *T'oung Pao* 23: 4, 1924, pp. 163–220）。伯希和当时能注意到陈垣没注意到的材料，很不容易。此外，二十年代恒慕义也在国会图书馆报告中简单提到了钱（*Report of the Librarian of Congress*, 1928–1929, p. 291），但错将钱的卒年列为 1665 年。

三十年代一些欧美学者如福克司、穆尔、富路特都只是简单引用了钱谦益的相关作品，并未将其列为主要考察对象。1930 年德国学者福克司在《泰东》杂志发表了《关于满文甘珠尔》一文（“Zum mandjurischen Kandjur,” *Asia Major* vol. 6, pp. 388–402），主要是受内藤湖南和伯希和启发，讨论清代之际满文大藏经翻译与刊刻史。内藤湖南 1905 年夏曾在东北考察，在太平寺、长宁寺、北塔分别找到了一些蒙、藏、满文大藏经藏品，在万寿寺则发现了部分汉文的明朝北藏以及清朝龙藏（参见钱婉约《此生成就名山业，不厌重洋十往还：内藤湖南中国访书及其学术史意义述论》，《東アジア文化交渉研究》别册 3，2008 年，141 页）。福克司此文主要讨论清代刻经的情况，他注意到钱谦益的《楞严蒙钞》被禁毁。钱谦益此书全名是《大佛顶首楞严经疏解蒙钞》，一共十卷，历经十年，于 1660 年完稿。但不久即遭禁毁，仅有极少量写本和刻本存世。

陈寅恪在《柳》传中提到这本《蒙钞》，但重点是他认为《楞严经》咒心非伪造，前后文则为伪造。他说：“至《楞严经》，寅恪十余岁时已读牧斋所作之《蒙钞》，后数年又于绍氏见一旧本《蒙钞》，上钤牧斋印记，亦莫辨其真伪。近数十年来，中外学人考论此经者多矣，大抵认为伪作。寅恪曩时与钢和泰君共取古今中外有关此经之著述及乾隆时满、蒙、藏文译本参校推绎，尤注意其咒文，是否复原后合于梵文之文法及意义，因此得一结论，即此经梵文间译之咒心，实非华人所能伪造。然其前后诸品，则此土文士摭取开元以前关于阿难摩邓枷女故事译文融会而成，故咒心前后之文实为伪造，非有梵文原本。

譬如一名画手卷，画确是真，而前后题跋皆为伪造。由是言之，谓此经全真者固非，谓其全伪者亦未谛也。当寅恪与钢君共读此经之时，并偶观赏小云君演摩登伽女戏剧，今涉笔及此，回思前事，又不觉为之一叹也。”福克司三十年代初在北平参加中德学会的活动，非常活跃。他这篇文章发表时，陈寅恪应该看过的。

1933 年 1 月穆尔在《皇家亚洲学会会刊》发表《中国之景教徒》一文（“The Nestorians in China,” *JRAS*, pp. 116–120），主要讨论房山十字寺和西安景教碑。他特别称赞钱谦益在《有学集》中的《景教考》一文提供了很有价值的中文史料并且对西安景教碑提供了一些正确的释读，并指出此文非常重要。

欧美学者真正研究钱谦益

欧美学者真正关注钱谦益都是因为关注清初文字狱问题。1933 年富路特出版了其在哥伦比亚大学完成的博士论文《乾隆之文字狱》（*The Literary Inquisition of Ch'ien-lung*）。此文主要由在哥大任访问教授的莱顿汉学家戴闻达指导，但在写作过程中亦获陈垣、福克司、恒慕义等人指点，因他曾在北平游历，与陈垣、福克司等人有来往。该书有一章是钱谦益小传，但是内容极简单，仅不足五页，基本上是英译了 1931 年北京刊出的闵尔昌《碑传集补》中的钱传，只能算略述了钱之生平，相当于人名辞典里的词条。不过，里面倒是提到 1640 年钱谦益纳柳如是之后，柳在明亡时劝钱殉节，其不允，反而投清。富氏也英译了 1769 年乾隆谴责钱谦益失节并下令禁毁其著作的诏书。该章倒是很规范，在注释里列出了之前所有提到过钱谦益的西方学者的论著，如伯希和、恒慕义、福克司等人。在注六提示了河东君本姓杨名爱，字蘼芜，而以柳如是名世，家出江苏吴江。注十三说明除了福克司提到钱曾撰《楞严蒙钞》，钱还撰有《金刚经蒙钞》。可以看出富路特是粗粗翻看过《初学集》和《有学集》的，但未下功夫仔细研读。1938 年 12 月，富路特又在《哈佛亚洲学报》翻译发表了顾颉刚 1935 年 7 月在《东方杂志》刊出的《明代文字狱祸考略》长文，也简单提到了钱谦益。

1942 年卫德明在《华裔学志》发表了《有关钱谦益的书目札记》一文，是一篇有关钱谦益第一手文献的书目汇总。应该注意的是，卫德明 1905 年出生在青岛，父亲是学问很好的传教士卫礼贤。卫德明原本学法律，后来受父亲启发转向汉学，并于 1932 年在柏林大学由福兰阁指导取得博士学位。后回中国在北大教德语，编纂《德华字典》。1942 年他发表这篇文章时，人在北平，而这篇文章实际完成于 1941 年 4 月其在北平的书房日知斋。虽然北平在日本占领之下，但因为他来自日本盟友德国，所以活动并未受限制。尽管这篇文章讨论的出发点是富路特 1933 年的博士论文，但其所参考的史料远远超出富路特。在注二中列出了一大堆富路特所没有参考的钱谦益传记史料，有些是常见的文献，如《清史稿》、《清史列传》之《贰臣传》、《国朝名家诗钞小传》，也有些是不常见的《虞阳说苑》、《牧斋遗事》、《虞山妖乱志》、《钱氏家变录》、《河东君殉家难事实》等等。正如卫德明指出的，不仅钱谦益的作品被乾隆禁毁，那些引用其诗文的作品甚至仅仅是提及钱氏名字的作品很多都被禁毁。他指出乾隆文字狱对钱谦益作品的禁毁完全失败了，大多数有价值的作品都流传下来了，而那些佚失的作品之所以佚失并非政治原因，而是因为自然损毁，如钱谦益个人图书馆失火被焚。钱谦益留下来的作品甚至远比那些不在禁毁名单的学者留下来的东西还多。这篇文章其实主要提示了 40 种钱谦益留下来的作品，这个单子其实也受益于顾颉刚和马太玄在《国立中山大学图书馆馆刊》上发表的《清代著述考》中所列举的钱谦益作品目录。有意思的是，这 40 种钱氏作品，卫德明还尽可能提示了其存世版本及其刊行时间，如《初学集》的三种版本,《有学集》的四种版本。他将这些钱氏作品，分为文集（collections）、历史著作（historical works）、钱谦益编辑的作品（works compiled and edited by Ch'ien Ch'ien-i）、佛学著作（Buddhistic works）、杂纂（miscellaneous）、辑本（compilations）等六类。

结　语

卫氏论文中提到的文献大多数为陈寅恪《柳》书所参考，但也有少数没有出现在《柳》之中，没有出现在《柳》传中并不能说陈没看过,很多看过的书不一定会引,不引的原因也很多,毕竟学者引用材料也有剪裁的考虑，不是说有关的材料都放上去，要依作者关心的论题而定。有时一条材料能说明很多论题，有时很多条材料只能说明一个论题，那就没必要逐条征引。正如何龄修先生所说的，陈先生引书虽达数百种，仍有很多参考过但没有引用的书，可能加起来有近千种。陈先生虽然没有提卫德明的文章，但很可能看过，毕竟这篇文章登在北平出版的《华裔学志》上。也可能早年看过，晚年未再瞩目。各种可能性不能轻易排除。总而言之，富路特、卫德明的论著有一个优点，一般会列出所有西文中前人提示过钱谦益的论著，让读者很容易看出学术积累。这一点无疑值得借鉴。

怀念周一良先生

周一晚上看完电子信件，心血来潮去北大未名网看一下北大新闻，未料就看到周一良先生仙逝的消息，有些不敢相信。随即打电话告诉了陆扬，陆先生半晌默然。记得来美之后，我最近一次“看到”周先生似乎是在陆扬的研究室。去年夏天，联系陆先生去北大讲学，他回来之后告知曾拜访周先生，并示以照片为证，照片上的周先生鹤发童颜，看上去神情十分畅快！之所以说不敢相信，是因为看到新闻之后马上写信给罗新先生询问最后证实。接着不久就收到罗新和一些北大旧友的信，远在香港访问的荣新江师也来信告知周先生去世的消息。周二因为要见张广达先生，通电话时也告知了周先生逝去的消息。张先生虽去国多年，然而每次见到我，总要询问一些北大的情况。张先生缓缓地说，前些天还和周先生的公子通过话，很难相信周先生竟尔逝去。

第一次知道先生的大名是在初中，大约 15 年以前了。那时我求知欲尚强，经常去书店逛。遇到县城新华书店倾销旧书，于是得到一本周先生和吴于廑先生合著的《世界通史》，当时贪图书中有不少有趣的插图，又很便宜，特想拿去在同学间炫耀，也是少年心性。其实书没怎么读明白，这两人的名字倒是记得很清楚，后来居然能够和这两位作者都有些渊源，实在是当时万万没有想到的。和吴先生没有机会见面，只是后来年纪渐长，无意中入了史门，有次去高安和教中学历史的二伯母谈话，才发现她毕业于武汉大学历史系，且居然听过吴先生和唐长孺先生的课。而我居然也在硕士生阶段亲接周先生道风,实在是奇迹。为什么说是无意中入了史门和奇迹呢？因为当年我受姑姑的影响，兴趣实在于古典文学，对历史总是当作一个文学的背景补充来看的。而高考填志愿的时候因为从未遇到好的作文老师，于是觉得教作文是 mission impossible。不敢误人子弟，从而放弃中文系。因为北大要军训一年，所以填了北师大和中山大学两个历史系。而在师大毕业前因为担心被分配回江西老家，居然就被迫考上北大。而正因为考上北大，作为新生，居然就和十几位同班同学被招去周先生在燕东园的家帮他老人家搬书，于是和周先生有了第一次亲密接触。那时的周先生和我想象中是有几分重合的，穿了老式的棉衣，说话慢条斯理，实在是很淳厚的长者风范。这次帮周先生搬家，心里不是没有幻想，就是指望周先生送一两本副本书作纪念。作为一个进步青年，这种帮人忙求报答念头着实应该忏悔反思；可是我只是一个晚辈后学，先生大概也会觉得我这种念头很正常吧，如果他地下有知。主要还是当年帮何兹全老先生搬家居然获得一册80年代出版的《读史集》,甜头尝到之后幻想就比较多。最后周先生当然没有送书，大概帮忙的研究生来自领域太过广泛，先生也很为难。不过今天想来，先生的著作除了60年代那本魏晋南北朝史没有，其他我都收全了。《魏晋南北朝史札记》就是考研时来北大听荣新江师的课时在三角地书屋买的,似乎。而其他不少是师友送的礼物。

在北大只有短短三年，一直等待各种机会拜见一些北大的大师，而无意中居然见到周先生，可毕竟人多嘴杂，也没有正式和周先生有什么交谈，实在是惆怅。记得有次听到荣新江师说要带一位先生去看望周先生，问我有没有时间一起去，而我那次却有课未能成行，失去一个真正千载难逢的机会。天可怜见，居然又有一次机会见到周先生，又是系里安排研究生帮忙，那时周先生住在北京城南边的一所医院，而那时我刚好论文之类已经弄得差不多。于是打着先生有事、弟子服其劳的招牌，却心情激动万分地准备着和先生说些悄悄话。彼时先生精神尚好，只是行动不便，且须休息。遂放弃许多发问的念头。先生当时正在翻阅他口授由阎步克老师笔录给中研院 70 年院庆的纪念文章，并随手拿给我看，并说自己年纪大，身体差，手不能书，只好草草交差。我好奇心顿起，心想问些相关的问题先生大约不以为忤吧。于是问起先生在中研院的感想。先生颇感诧异，云未料到时逢 20 世纪 90 年代末，而像我这样年仅 20 出头的小伙子对这些陈年旧事兴趣如此之大，且对话题之中涉及的人和事并不是特别陌生。先生遂谈及一些中研院旧事，并称自己一生中最满意最怀念的生活阶段即是 1935 至 36 年在中研院史语所的日子，那时不仅有史语所的众多学友相互切磋，更得陈寅恪先生之教诲。先生一生境遇我通过先生的自传和一些师友的谈话略微知道一些，深知先生对自己人生的这个评价所包含的意义。先生还说到如果不是他在后来参与一些无关学术的事，也许他的魏晋南北朝研究还可以多出一本书。那天也许因为“多少触动了先生的一些心事”，先生兴致很高，不幸谈兴被午餐打断。先生邀我一同用餐，餐后陪先生出病房打电话。先生在路上指着自己使用的助步器说，这个东西不错，用起来很方便，你知不知道它的英文名字？我坦言不知。先生回曰，这个英文叫 walker，你到国外，要好好多学习几门外语！那种严肃中不乏期待的神态至今记忆犹新。先生的语言功底极好，国学西学兼通，精于内典外典，又出身世家，我总觉得先生好似是一些南朝高僧的转世。有些高僧就是出身江南世家，而史载学兼内外。离先生的那番话有三年多了，先生对我的期待只能说勉强完成了极小的一部分，虽下了一些功夫，英文和日文都能勉强能够和人交流。而梵文却一直没有机会学习，这是深愧于先生教诲的。

若干年来，先后有俞敏、饶宗颐、姜伯勤、段晴等老师劝我学习梵文。却苦于条件，深负众人所望。而今俞周两先生均已作古，若以后学习梵文，亦无从请益了。未曾学习梵文，却厚着面皮用笔名介绍一些梵文研究。所以应旧友之约，今年 4 月我写了《哈佛梵文研究一百年》，特意引用了周先生在自传中讲他学习梵文的经历来揭示哈佛梵文学家柯拉克教授培养了一位重要的中国梵文和佛教学家。周先生也的确在继承陈寅恪、汤用彤、陈援庵等佛教史名家的研究基础上，不让日本学者专美于前，传承了中国佛教学术史淹贯梵汉的学术风格。

这之前虽然读过不少先生的书，却很少能准确理解先生的学术。所以有一年荣新江师请来京开会的姜伯勤先生讲周先生的学术，我早早就去了。当时做了很详尽的笔记，后来这篇讲演似乎发表了，一直没有找来对照笔记。记得最清楚的是这么两点。一是姜先生说日本人很崇拜周先生，有若干理由，比如日本对崇拜对象的一些要求，出身世家，贵族；贡献巨大，元勋；出身哈佛大学；外语极好云云，而周先生恰恰满足所有的条件，所以日本学者很崇拜他。而最重要的是姜先生极为推崇周先生读书很细的作风，特别是对周先生学问中很浓厚很朴素的语言学风格叹为观止！我一直对此甚为措意，只是能力有限，不能亲身实践。周先生在哈佛完成的博士论文即是对《宋高僧传》中密宗三大士传记的译注和考订，把 19 世纪末以来风行欧美的历史比较语言学精神发挥得淋漓尽致。这篇文章发表于《哈佛亚洲学报》，长期以来成为欧美学者研究中国密宗史的重要学术资源。虽然半个多世纪过去了，这篇周先生的旧作仍为国际学术界广为征引。比如，我注意到，新泽西州立罗格斯大学宗教系系主任于君方教授于 2001 年在哥伦比亚大学出版社刊出目前最为全面研究观音的巨著《观音》，也引用了周先生的这篇论文。其他许多周先生刊布的一些札记也成为后辈学者撰写论文的重要参考资料。

最后一次和先生接触是 1998 年赴美前一天给先生打电话，先生本拟让我带些东西到美，因已经有人帮助，遂作罢。而我也终于失去再次见到先生的机会。今年夏天短暂回国，听说先生活动需要借助轮椅，而拜访先生的人极多，作为小辈，终于不敢去打扰先生。一口气如流水账般叙述完一些晚辈和先生有关的事，突然感觉先生似乎并没有故去，还俨然声容笑貌俱在，在听我讲述一个个故事。先生一生虽小有曲折，而于米寿之年在平静中逝去，以中国的传统而论乃是贤人君子所期的无疾而终，这似乎也可以看作是先生功德所至的自然造化。

读书何妨为人忙

现在社会上似乎有一种担忧，觉得现在人们读书比过去少了，因为太忙，因为电子技术的发展，大家读纸质书少了。不过，没有经过统计似乎是很难得出准确结论的。我倒是觉得现在读书的人远远比过去多，一个很简单的感觉是现在文盲比过去少得多，受过大学教育的人远比过去多，而能读外国书的人也远比过去多，至于读者愿意读纸质书、羊皮书、简牍甲骨，还是喜欢读电子书，其实倒不是那么重要。所以我个人对现在读书的状况是比较乐观的。但是，我对学界以外的读者读书的情况知之甚少，所以这里说的一些意见，恐怕也仅对有志于从事学术工作的读者有些许参考意义。

从开始认字起到现在，读书也有三十多年了。小时候没有想到自己会以“读书”作为谋生的手段。等到做了大学老师，才意识到读书对自己来说是工作和生活不可分割的一部分。其实现在已经很难说是“读书”了，准确地说，是“读文献”，不仅包括读书，也要读学术论文、书评、研究报告、学生的习作等等。甚至可以说论文已经远远超过书本成为阅读的主要对象，每周不读几篇论文是难以想象的。任何一个学者要在本领域内生存，都不能不阅读大量的论文，跟踪学术的各种进展，了解其他学者在提出问题和方法上、在解释资料上有何新动向。

做了大学老师之后，无限怀念读博士时候的光景。那时候，拿着研究生津贴，读的都是自己想读的专业论著和论文，很多时候是所谓名著、名篇、名作。教书以后，要读大量“未成形”的文献，不成熟的作品，比如为同行审阅书稿、论文，阅读自己所带研究生、所教本科生的习作，然后提出自己的意见。这样的阅读其实是“为他人做嫁衣裳”，也是无法逃避的。过去读书的时候，习作也是交给老师阅读，等老师写来意见再修改。自己成长为老师之后，自然要回馈社会，读书也要“为人忙”，这其实是不可避免的。总之，人类的教育和学术正是通过这样的一代一代师徒传承维系下去。

发表文章便是立言、立功，功名自然彰显，一个人如果想完全隐藏功名，只有保持沉默，不发表任何意见。一个学者读书不和外界发生互动是不可能，也不必刻意回避。我要特意指出这一点，是觉得中国学者往往受传统观念影响，有两种倾向：一种是读书为修身齐家，一种是以读书多自傲。首先，读书和修身关系并不密切，人性的塑造因素远比读书复杂，读书很多但心术不正的大有人在。其次，过去的职业读书人确实是国家栋梁，因为有份参加科举进入政府服务天下人，而且也是特权。在当下社会这是不可取的。现在有志一辈子读书的人是为了留在学院，充当教师。任何一个大学教师，都要对教学、研究、服务三者兼顾，学者也是大学公民，必须尽一份学术公民的责任，教书是教师天职。

就个人的阅读史而言，随着年纪的增长，一个人实际上能阅读的范围总是不断被限定的。我上大一的时候，从南方一所县级中学来到北京，首次真正进入图书馆，当时的兴奋是难以言表的，甚至发誓要尽可能把图书馆的书都扫读一过。于是从第一排架子读起，这便是《马恩全集》，除了应付上课，课余尽量读书，花了几乎一个学期，才从第一卷读到第三十七卷，后来觉得这样太慢，书太多，读不完，开始转向先读历史书。那时候历史系的传统是所谓“六本书主义”，即科班学生无论将来从事历史学相关职业与否，必须读《左传》、前四史、《通鉴》。于是从《左传》、前四史开始读，从希腊罗马史著作开始读。读《马恩全集》了解了不少欧洲近代史，而读《左传》、前四史则了解了不少历史掌故和用典，后来读到“望门投止”、“忍死须臾”之类典故也很快知道这是从哪里出来的。读《左传》，深深感到史书真能“令乱臣贼子惧”，瞬间对自己专业的长久价值信心爆棚。

从阅读的享受程度而言，我觉得《汉书》和《后汉书》是最好的，尽管后来没有机会读汉史。读了希腊罗马史，了解了希波战争史、李奥尼达、前三头、后三头、恺撒、奥古斯都，再去读莎士比亚的戏剧，看《斯巴达三百壮士》，也觉得豁然开朗，因为有了历史背景。本科时读了不少书，也记满了二十多本笔记本，这些笔记本对学术研究而言已经没有太大意义。当我再次看到它们时，唯一的感受是大学未曾虚度时光。读研究生以后，阅读完全不再像本科那样自由自在了，“常恨此身非我有”，首先就不再读文学作品了，其次是很少有时间读自己专业以外的东西了，甚至连外国史的作品几乎也很少读。大部分时间是想着要早日发表文章，基本上阅读都是围绕研究和发表进行的。

到了博士阶段，更没有时间读乱七八糟的书了，在异国他乡读书，要克服很多困难，读人文学科不比理化专业，数学语言是跨国跨文化的，你一个英文不写，在黑板上列个公式，大家也知道你是指什么，经常在食堂无意中听到美国本科生对外国留学生助教的各种抱怨，“我真的不知道他说的语言是不是英语,但他一写我还是懂了”或者“他从来不说话,只写黑板”等等。而人文学科转换一套语言系统之后，等于要从头开始熟悉一套新的符号和意义系统。在漫长的博士生涯中，头半段阅读是完成课业和准备候选人资格考试，后半段读书是为了写论文。简而言之，阅读是为了准备今后进入学界谋一职位做准备。

在读博期间，有机会在世界上收藏最富的大学图书馆之一参与编目工作，也有机会走访欧洲、日本的一些大学图书馆，常常感叹个人的渺小，任何一个人，即便活至百岁，都不能穷尽哪怕一家大学图书馆的收藏，哪怕仅仅是自己感兴趣的书。在国外图书馆享受了很好的服务、常年被迫搬家、专业新书非常昂贵，种种因素使得本科养成的喜欢逛书店把看上的书搬回家的习气渐渐改掉了。

人的生活有一定的惯性，养成一定的文化惯性和习气之后，很难改变。不幸的是，博士培养正是这样通过制度、学校期望和个人自我暗示三方面来培养学生成为学者的惯性和习气，不可能像以前那样读到哪算哪，东一榔头西一棒子乱读一气，变成“知道分子”而非“智识分子”，毕竟一个人的时间、精力都是有限的。过去王云五曾问胡适为什么读了很多书写不出文章，胡适告诉他读书要有系统，带着问题去读。王云五读书极博，但终究训练不够，当然不会在学术上有什么成就。他的兴趣也不在学术上。但一个选择以学术为志业的人便不能如此读书了。说到这里,我常常想起梁启超的诗《双涛园读书》:“我生大不幸，弱冠窃时名。诸学涉其樊，至竟无一成。”他绝对算不上是“无一成”的人,但他兴趣太广,治学也确实没有王国维精深。所以，从硕士时代到现在，我已极少读专业以外的闲书，即使平时算半休息半专业的阅读，也一般选择读学者回忆录，主要是了解前人如何求学和那个时代的学术风气。

历史学本质上是一门关于人性的学问，阅读历史有时候是了解一个人的人性，有时候是了解一群人的人性，研究历史终究不可能和人性绝缘。所谓知人论世，即是指了解人性和塑造人性的人世。在我的阅读史上，曾经被很多书打动过，但因为一直在学习新东西，阅读新书、新文章，几乎很难特别挑出哪些书对我影响很大。我的习惯是，读到某个人的书，若觉得有意思，会把作者一些重要作品都找来看，所以与其说哪些书影响了我,不如说是一些人影响了我,可以很快想起来的是梁启超、韦伯、福柯等人。

任何一本书，对每个读者的意义都是不同的。很多人以为自己看懂了，其实并不得要领。这也是为何学者们都在读一些所谓重要著作，但能从这些著作中受益写出超迈前人作品的学者少之又少。我个人认为，读一本书要尽可能了解这本书的价值所在，从中获益，而这显然不是件易事。回想起来，在我比较看重的学者中，接触梁启超的新史学研究比较早，也受他影响比较大。在他浩如烟海的著述中，我更偏爱《中国历史研究法》。这本老书涉及的史学议题很多，如史学概念、方法、史料、史学问题等等，其范围之广，近代史著无出其右者。当然从学术上来说，这本书已经完全过时了。不过，在我看来，这本书所提示的一些原则，对今天的社会仍然很有启发意义。我这里只说三点。

首先，这本书说到近代以后，随着公共收藏机关事业的兴起，历史学不再是贵族的特权，平民“感其便利，又信其管理保存得法”，也可以有机会去图书馆和博物馆接触这些资料。这是真知灼见。过去图书多半都密藏于宫廷或王侯将相达官显贵之家，普通民众没有机会接触到大量资料。而史官也常常是官员，他们所书写的历史只是为了上层的阅读需要，充当王侯卿相的高级顾问。近代以后，统治者已经很难完全垄断资料，也就很难垄断对过去的解释权。对历史的复原、理解和解释，变得更多样了。也即是梁启超所谓“前此史官专有之智识，今已渐为社会所公有”。当然，这不是说社会上的人都有机会发表或者有能力发表其看法，虽然能发表，但不见得有学术价值。尽管发表本身是个人权利，但能不能发表则是特权，而这种特权在现代社会常常被滥用。

现在公共图书馆基本上向大部分愿意看书或有兴趣查找资料的读者开放，而大学图书馆也向校内学生开放。这种开放性未见于前现代社会，大量图书馆和博物馆成为公共设施，如同高速公路和铁路系统一样，并非是专门供给有特权的阶级。为什么要特别提示这一点呢？现在似乎有一种声音，认为做学问不适合穷人，穷人买不起书和资料，如果不是家境殷实，不必进入学界求职。这种中世纪的理念当然不值一驳。仅以有能力接触到图书馆、博物馆而言，现在学者个人财富多少和能不能入行已然完全没有关系。靠自己买书做学问的时代可谓一去不复还了。在中国的很多大学，图书馆服务或许还有很大提升的空间，但教授们无疑对改善图书馆负有不可推卸的责任。如果你连自己大学的图书馆及其政策都不能改变，更不可能去改变教育部及其决策。

其次，梁启超强调史学要注意中华民族在世界史上的地位，这一点无论对海内海外的学者都是很重要，很现实的。实际上早在 1901 年梁启超就在《中国史叙论》中提出中国史发展的三个阶段，包括所谓中国之中国、亚洲之中国、世界之中国。他这个说法很强调中国在空间位置上和周边乃至世界的联系之历史性发展，而实际上数千年来中国一直被外部世界以各种方式在不同程度上塑造，并非限于他所说的晚近三个阶段。从史学上而言，这个说法当然已经过时了。但从方法论而言，这一看法很有启发。简而言之，我们看待中国史的发展要从三个层次来看，从中国看中国史，从亚洲看中国史，从世界史甚至全球史看中国史。中国和世界其他国家既存在共同点也有相异之处，不必太强调中华文明的独特性，也不必将中国史的发展完全按照其他国家和地区的特点来解释，中国中心论和其他各类中心论没有什么二致。实际上，用佛教的话说，中外既有共业也有别业。

据我多年来的了解，有些中国史学者，似乎不怎么关心外国史研究，觉得他们原创性不够；而一些中国的外国史学者，也不关心和了解中国史同仁的研究，觉得他们落伍，不了解国外史学的发展。同在一个系，却互相之间不能学习其长处，这是非常遗憾的。我也认识一些在国外任教的中国史朋友，一般的感受是系里一般只有一、两位中国史学者教前现代和现代史，感觉自己很孤立、边缘，没有国内那种中国史领域人多热闹、同行之间交流频繁的治学气氛。其实我倒是觉得系里其他专业的老师也能给中国史研究很多思想资源，研究英国史、巴尔干史的学者，提出问题的思路、考虑问题的角度、分析史料的方法，也许都是很有启发意义的。其实不必把自己的领域特殊化。反过来，做外国史的学者也不必觉得中国史学者抱残守缺。中国历史学，正如梁启超所说，与其他各类近代新兴学问如政治学、经济学、社会学、人类学不同，它毕竟在中国有漫长的传统。

最后，梁启超也很强调多个学科交叉融合，史学必须从其他学科中吸取有价值的方法。这一点到现在更加值得思考。其实做学问是可以触类旁通的，不是那种所谓打通文史哲，做一代通人，那样出所谓一代通人的时代早就过去了，触类旁通是指史学研究可以借鉴其他领域的理论方法，史学工作者要善于接受其他学科的有价值的方法，这一点在欧美已经不是问题了，这些年文学批评、文化研究、性别研究、物质文化研究、人类学的理论方法等等，可能对历史学影响最大。所谓的女性史、新文化史、物质文化史，都受到其他学科的影响，尤其人类学和文学批评理论的影响，其实简而言之，即是借鉴人类学和文学的思路，重新对物质和文献的性质、结构和意义进行解读，无论是结构还是建构，都和以往的研究有所区别。姑且不论这些尝试是否都是有价值的，其他学科对历史学的价值是难以否认的。正因如此，在阅读其他人的著作时，我也常常想起梁启超早年曾倡导的一些想法，尽管不成熟，但他指出的方向很有价值。

有些学者其实也常常感叹，为什么我们总要学习其他学科的理论和方法？而其他学科不学习我们的理论和方法？这其实是一个学术传统如何变迁的问题，不同学科有不同的学术传统。史学的传统如果是注重自身对其他学科的影响，愿意思考和提出超出史学应该关注的问题，当然会引起其他学科的注意。如果一再强调自身学科的独特性，不认为史学学科和其他学科存在所谓共存共荣的共业，则自然很难提出会引发其他学科讨论的有价值的议题、理论和方法。总而言之，学科与学科之间，作为人类学术实践的产物，不断被自身和他者的理念和实践所塑造和改变，也同样存在共业和别业。

脚注史研究的旨趣：评格拉夫敦《脚注趣史》

格拉夫敦（Anthony Grafton）的《脚注趣史》从最初问世到现在中译本出版（北京大学出版社,2014 年）已经快二十年了。这虽然是世界上第一本全面研究脚注的著作，但格氏却并非脚注研究第一人。在他之前有不少论文讨论脚注，但最重要的一篇是鲍尔索克（Glen W. Bowersock）讨论吉本脚注艺术的小文章。这篇文章出现在格氏著作的第一个脚注中。鲍氏是享誉业界的古代史名家，长期在普林斯顿高等研究院任教。格氏虽然不做古代史，但与鲍氏比邻任教，显然对鲍氏相当熟悉。

如何评论一本二十年前的老书颇让人犹豫，毕竟在西文学界已经发表了十几篇书评，其他论著中的引述和评论更不绝如缕。其实，更让我犹豫的是这篇评论要不要用脚注，如果不用脚注来评论一本讨论脚注的书，似乎有些奇怪。为了排版方便，我在本文中将引用书目列在文后，以供读者参考。而这个简单的选择就涉及脚注的功能和意义。脚注的存在就是帮助读者顺着其提供的线索去覆按证据的来源。

格氏在书中严格区分了脚注文体和其他各种注释文体，后者为脚注的兴起提供了思想和实践来源，这些注释文体被格氏称为基因库（the gene pool），在这个库中不仅有中世纪经书的注疏，还有但丁、彼得拉克以下直至近代文学作品的评注，以及中世纪神学、法学、医学著作中说明文本权威来源的注释等等。格氏认为脚注的兴起将现代史学和传统学术区分开来。尽管这看上去似乎是一个技术性问题，但他试图寻找其背后的文化史进化路线图。

一个严肃学者在其日常学术生活中几乎不可能离开脚注。使用脚注也从而变为界定学者身份的标志以及界定严肃学术论著的标志。在格氏看来，脚注的出现帮助现代历史学者取得行业资格的凭证，也赋予了历史作者权威性。现在尽管任何人都可以宣称自己是学者，但很难想象一个严肃学者在日常学术实践中发表论文时几乎不用脚注。像王国维、陈寅恪等人不用脚注的时代可以说一去不复返了。他们引用古籍很少注明版本，这让后人无法去覆核其所引证的文献原本。中外学者尽管进行学术实践活动有很大不同，写作论著的标准、风格、形式存在着很大差异，但对脚注的重视无疑是有共识的。

以学术论著而言，美国学者隆德（Roger D. Lund）说，献辞、序言、脚注和引得乃是现代学术的惯用手段。但实际操作中，中文和西文论著并非四者皆备。中文著作常常要请人作序或者有自序，然后自己写个后记或者跋，而序跋在西文学术论著中现在并不常见。西文论著中比较常见的献词和谢辞在中文论著中单独列出是非常罕见的，而往往作者更愿意在后记中列出致谢名单。西文书一般有索引，而中文书较少在书末附上索引。参考书目也有类似的情况，并非每一本学术书必备。索引和参考书目可以帮助读者快速了解作者参加文献的范围及其了解研究领域的进展，而不需要翻遍全书。如果没有参考书目，会对读者造成一定程度的不便。像陈寅恪《柳如是别传》、卞僧慧编《陈寅恪先生年谱长编》等等都没有参考书目。假设读者看到一条新史料，想看看陈著或卞书引了这条没有，就非翻遍全书不可。无论如何，在学术论著中使用脚注似乎是中、西文论著少有的共同特征。正因如此，格氏选取脚注的进化作为研究对象的确是独具慧眼。

在近代史学史上，兰克的历史主义与科学化史学以强调客观性著称，在这样的史学实践中，脚注不仅仅是技术性问题，也是意识形态构建的工具，史学的规范、史学写作的严谨、史家身份的认同这些史学作为现代学术的特征，需要通过脚注的写作来确认。脚注的使用也便于同行评议。同行需要通过看脚注和参考文献来考察作者使用一手文献、二手文献之能力，以及衡量作者是否比较准确地复述了被引用者的意见。

兰克并没有取得发明脚注的专利，但却将其变成现代史学的行业标准之一，并将这一标准通过其主持的研讨班予以推广，尽管他对脚注的接受和推广实际是被迫的。不过，从学术制度史角度来看，格氏没有讲兰克在研读班上是否特别给学生提供使用脚注的说明和手册。我们今天当老师，上课常常需要给学生发写作格式指南，这种指南往往强调学生注意使用规范的学术写作格式，甚至上面连字形字体大小全都要写得清清楚楚。总之，现代史学的规则将脚注技术引入，变成现代史学的行业标准，与传统史学区别开来。脚注的出现并非一人一地一时之功，参与脚注进化史的人不仅有教会史家、古典学者、语文学家，也包括作家和哲学家，近代史学家只是直接受益人之一。

以格氏的叙述而言，其讨论的重点是西欧，特别是德国、法国、英国、意大利等国的近世（early modern period）学术传统，这些学术传统的注释方式合流之后才出现现代史学的脚注。他通过倒叙的方式考察了活跃在十九世纪的阿克顿、兰克、黑格尔，十八世纪的吉本、休谟、伏尔泰、蒲柏，十七世纪的培尔、帕斯卡、笛卡尔、琼森等人在脚注演进史上的作用和意义，当然也追溯到中世纪和希腊罗马时代。《脚注趣史》实际上是梳理了脚注的欧洲史。现代史学进入北美、拉美、东亚、南亚、非洲之后，脚注当然也被引入这些地区。如果这样看，脚注无疑也可以放在一个全球史的角度来考虑。

对于中文学界而言，现代史学所使用的脚注便是舶来品。正因为它是近代从西文学界传来的，这使得我们不得不考虑它是否和其他现代学术的标志比如新式标点或者文字罗马化系统一样，背后有通过日本间接进入中国的故事。以日本而言，近代史学出现于十九世纪末叶。受兰克影响的瑞士史家里斯（Ludwig Riess）被聘至东京帝大任教。在他建议下，日本学者成立了史学会，并出版《史学会杂志》（后改名为《史学杂志》）。但这本杂志从1889年开始出版起，花了三十多年才开始使用脚注。这表明日本史学界接受脚注有一个相当长的过程。而在中国，梁启超算是新史学的著名代表，他1902年出版《新史学》时，尽管鼓吹西洋史学观念，却未采用脚注。1922年出版《中国历史研究法》时则使用了脚注。以清华国学院四大导师而言，王国维、陈寅恪两位无论曾在西方求学与否，均不使用脚注，而梁启超、赵元任两位则使用脚注。1928年《史语所集刊》创刊，主持出版的傅斯年极力倡导将正统的东方学搬到中国来，但他似乎不重视形式，所以该刊一开始也未使用脚注。

除了地域视野之外，近现代学术史的发展也体现在学科分野的展开。脚注的兴起看似是史学问题,但显然不仅仅涉及史学，其他人文社会学科都使用脚注。韦伯的《新教伦理与资本主义精神》使用了很多注释，他的《儒教与道教》则引用了很多汉学家的成果。这会引发一个问题，脚注是史学的专利吗？脚注是在史学史上成为制度的吗？格氏此书显示其童子功是近世史学，他特别熟悉近世史学人物吉本、兰克等人，他也主要在史学的框架内讨论脚注的演化，尽管他也注意到神学家、哲学家和语文学家甚至作家对脚注发展的贡献，但未涉及其他人文社科领域兴起过程中脚注的演化。

实际上欧洲语文学以及东方学的脚注实践也是非常重要的，比如吉本在《罗马帝国衰亡史》的脚注中特别提到了印欧语文学的先驱琼斯（William Jones），但格氏对印欧语文学一笔带过。东方学对古典语言文献的研究，从格式上说很有趣味，一般有导论、转写、翻译、文法和词汇分析、译注、脚注等多种学术因子。无论如何，尽管格氏非常博学，但他仍然是史学家，以史学为本位讨论史学问题。换言之，通人（polymath）辈出的时代已经过去了。像韦伯、王国维这样在多个领域做出奠基性、开创性贡献的一代通人已然离去。

自然科学的影响、印刷技术的演化对脚注兴起的影响，格氏也注意的少。十七、十八世纪科学实验的发展，实验报告、科技论文的写作中如何使用脚注，是否影响其他学科，脚注的使用如何受到印刷技术的影响等等，也许都值得进一步思考。希尔伯特（Betsy Hilbert）注意到技术因素对学生尾注和脚注使用的影响。她指出六七十年代的学生疏于计算页底预留做注的空间，常常与教授达成妥协使用尾注，但他们的方便却对读者造成困扰，因为人们不得不常常翻到后面去看其注释。实际上，格氏此书中译本便使用尾注形式，略为不便。格氏此书也没有提供一些书籍脚注印刷的样本图片，也让人感到遗憾。

像中国传统上印制带有注疏的文献时，常常采用刻有大字本文和小字注疏的两种雕版进行套印的技术。很多传统中国书籍印刷时也留出天眉地脚以便读者做笔记。这又涉及书写、印刷与知识的获得与读者认知的过程。脚注的阅读是否会对读者造成干扰？哈佛学者奥兹门特（Steven Ozement）便认为格氏没有讨论脚注的兴起对学院以外的读者造成的影响，他很关注脚注的兴起对于普及历史知识造成的困境。布莱尔（Ann Blair）女士在考察读者做笔记的认知过程时也借鉴了格氏的脚注研究，但进一步揭示了不同时代不同读者做笔记所引发的认知问题。

引用书目：

Blair, Ann. “Note Taking as an Art of Transmission”, *Critical Inquiry* 31: 1（2004）, pp. 85–107.

Hilbert, Betsy. “Elegy for Excursus: The Descent of the Footnote”, *College English* 51: 4（1989）, pp. 400–404.

Bowersock, Glen W. “The Art of Footnote”, *The American Scholar* 53: 1（1984）, pp. 54–62.

Ozment, Steven. “Triumph of the Source: The Footnote: A Curious History, by Anthony Grafton”, *The American Scholar* 67: 2（1998）, pp. 160–162.

Lund, Roger D. “The Eel of Science: Index Learning, Scriblerian Satire, and the Rise of Information Culture”, *Eighteenth-Century Life* 22.2（1998）, pp. 18–42.

（《新京报》书评周刊 2014 年 6 月 14 日刊发，有删节。此为原文。）

高卧书斋在梦中：评沈艾娣《梦醒子》

沈艾娣所写山西近代乡贤刘大鹏（1857—1942）的《梦醒子》一书，近几年已成为英美大学生了解中国近代社会生活的指定读物，现在居然译成中文出版了，而这竟然是她在中国出版的第一本书。和她认识十几年了，看到她的书终于来到书中所讨论的中土世界，实在非常“欢喜赞叹”。事实上，我们之所以相识乃由这本《梦醒子》结缘。当时她在普林斯顿高等研究院访问，主要任务是完成这部书稿。当时一同访问的还有钟鸣旦（Nicolas Standaert）和彭晓燕（Michael Biran），她写这本书也得益于与他们的讨论。我们几乎每周见面一次，总是听她讲她的书稿，偶尔会帮她核对一下刘大鹏日记原文和她的英文译文。其实她对原文理解得非常好，我提供的修订意见极其有限。

艾娣此书写得极为精彩，赵研杰的译文也极为雅致。只有极个别的地方略可再斟酌。比如“致谢”部分说到我帮助艾娣翻译史料，或许改为我“在译文方面提供了一点帮助”更好，因为史料完全是艾娣自己翻译的，我仅仅偶尔帮她核对一下。另，致谢译文中说高等研究院提供了艾娣在普林斯顿大学访问一年的机会，不确，其实高等研究院与普大各自独立。书中有时将 Neo-Confucianism 译成“新儒学”，应还原成“理学”。无论如何，这是一本极难得的好译本，读者应该感谢赵研杰将此书贡献给中文学界。

在我眼里，艾娣真是青年学者的榜样，她真正称得上一位极有计划性（highly organized）、极度专心（highly concentrated）、极度自律（highly disciplined）的学者。到现在为止，她已经出版了五本书，其中四本专著，处理四个完全不同的主题，两本在英国出版，两本在美国出版，这些专著无疑让她在学术界脱颖而出。也正是因为这样的学术积累，使得她年仅三十八岁便被哈佛聘为历史系正教授。我两次去哈佛演讲，尽管停留时间很短，都约她见面吃饭，她都抢着讲自己最近的研究心得和发现。她正是这样一位无时无刻不在思考的学者。

没过几年，艾娣又被母校牛津聘回去接替她老师科大卫空出的教职。她是科大卫的众多得意门生中较为特别的一位，并没有跟着科老师做华南，而是以做山西著称。记得她曾跟我说过，“科老师训练了我，但我并不总是同意他的看法”。正是中国传统所谓“弟子不必不如师，师不必贤于弟子”。科老师其实也很关注山西。就在今年夏天，师徒二人一起参加了两岸历史文化研习营晋城营的指导工作。

她的每本书都是在超越自己以前的成就，都在尝试新的史学研究和写作方法，开辟新的领域，给人耳目一新之感，实在令人钦佩不已。她大学本科在剑桥学习古典专业，人文学的基础非常好，写作上更是力求典雅。而她更可贵的地方在于，写作学术著作时常常将读者装在心里（reader-friendly），她的英文书多数都在300页以内，这一点在学界也是很难得的。

艾娣的学术论文数量并不多，以写专著为主。专著能着眼于本领域内的一个大问题，甚至引起其他领域读者的思考，而这需要多年的积累。专著的写作也能体现一个学者多方面的史学方法和写作手法，因为可以交替进行史实描述、史事叙述、史料分析，乃至于理论方法的总结与反思。专著的写作更需要一个学者的沉潜，真正是考验一个学者的持久的（enduring）和坚韧的（persistent）的特质。艾娣无疑具有这样非凡的特质。事实上，除所谓世俗的诱惑如名利之外，学者在学术上也面临许多诱惑，比如见到新潮流、新史料的出现，见猎心喜，赶紧跟风写个急就章应景，或者搁不下面子，答应一些文债，而这些都会影响自己的专著写作计划。大概不少青年学者都有这样那样类似的挣扎，应引以为鉴。

艾娣在中文版序中提示说《梦醒子》是一部受到近代欧洲史学领域发展出的微观史影响的作品，但不是典型的微观史，只是用叙事的结构来展示个体的生命历程并分析其中所反映的社会生活和观念的变化。她使用的主要资料来自刘大鹏自己留下的日记、著述，以及采访当地人的口述资料，其实也可以看作是一部英文版的“刘公大鹏先生行状”。刘大鹏这样的乡贤，一生坎坷，虽有功名，却未在官府谋得一官半职，在中国史学传统中基本上不可能进入“国史”。中古时代的墓志常常说到志主的家世和事迹“国史家牒，可略言矣”。这个“略”可以是简略，也可以是忽略。有些人确实在国史中露了一下面，但其事迹很简略，和墓志的内容不可比。但更多人是在国史中完全被忽略。艾娣的刘大鹏传是按照她所理解的刘大鹏的复杂身份如作者、儒生、孝子、议士、商人、老农来组织材料，叙述传主生活的，这是典型的强调史家主体的叙事史，英文所说的“史家来讲故事（I tell the story）”。这与中文学界强调的所谓“让史料说话（Sources tell the story）”非常不同。史料自己并不会说话，要靠史家去理解、阐释、组织。此书夹叙夹议，引用了大量二手文献，比如书中讨论孝道中道德、礼仪、情感的紧张关系，提示了柯启玄、伊佩霞、高彦颐、张寿安的研究（44–45页）。这样的提示能够将一个小问题的讨论和更大的学术领域之间建立起相关性，从而彰显这一议题的重要性。总之这本书在视野、方法、写作上均可称典范之作。

刘大鹏的人生轨迹，如果不是由艾娣给他完整写出来，也会被官修正史忽略。然而，我们应该注意到，艾娣更关心的是，像刘大鹏这样的乡贤，如何在清末民初社会剧变中挣扎于各种身份认同和角色变换，以及这些乡贤所赖以安身立命的儒学思想在这样的剧变中如何对他们的日常生活发生影响，这些乡贤所生活的乡村又如何在政治权力、经济发展等方面经历现代化之痛。刘大鹏虽然中了省试，算有功名，文化教育水平很高，从他的日记来看，他对自己的文化地位自视也很高，但因为没有为官，政治、经济、社会地位并不高。光有功名并不能改变家庭经济状况。为了生活上的困窘局面，他不得不去富人家坐馆，也不得不经营煤矿，并在煤矿业萧条之后从事农耕，实际上从私塾先生变成商人又变成农民。在中国传统社会价值系统中，这意味着人生的失败。但这些转变与山西在近代的发展息息相关，并非刘大鹏个人的力量所能抗争。

正如艾娣所指出的，“刘大鹏本身是农夫，却将自己想象成统治阶级的一员”（15 页）。这正是刘大鹏这类有功名未入仕儒生的宿命。这些人怀抱着“治国平天下”的梦（刘大鹏的梦见 69 页），一生却只能在挣扎于“修身齐家”。心里想着做曾国藩，最终做了刘大鹏。一颗达官贵族的心，却久囿于煤商老农的身，理想和现实之间的落差可想而知。修身尚易，齐家更难。艾娣一再强调了刘大鹏在道德上的高度自律和努力做一位孝子，但在支撑家庭的经济社会地位方面并不成功。

全书叙事和讨论都非常细致，不过限于叙事体例，书中有些论点未进一步展开。这里只说两点。其一、书中对刘大鹏受曾国藩影响开始以写日记砥砺人格的讨论较为简洁（9 页），而当时全国各地这类乡贤以曾国藩作为政治和个人道德与事功的榜样是一个重要论题，值得更多讨论。其二、传统教育目标与科举考试形式之间的冲突也是一个有趣论题，克服道德、功名的追求和学习、考试方式之间的矛盾是当时读书人的一大挑战（30 页）。通过教育参加科举获得功名的确是传统孝心的体现，而科举废除后，高考在形式上取代了科举，但高考与科举对读书人的忠孝观念和心态而言，在很长时间内几乎是一脉相承的，读书为中华之崛起、为家族之荣耀，都是传统忠孝观念在教育精神上的体现。其实，直至二十世纪八九十年代，在乡间，读书和参加高考有着多重意义，精神上为“光宗耀祖”、为父母“争气”，道德上为后人树立人生楷模，经济上能够吃上“商品粮”，政治上获得“城里人”的地位。这一观念的历史传承和变迁值得进一步探讨。相信读者也会发现其他一些极有启发性的看法。

门打开了就很难关上：评葛兆光《思想史研究课堂讲录续编》

葛兆光先生新出的《思想史研究课堂讲录续编》一书很有价值，开篇即批评了文史学界很多令人失望的现象，举其大者，一共四端，切中时弊，加上写得很口语化，生动有趣，实在值得每个有志于和正在从事学术工作的人好好读读、想想。这四点我后面会提到，所以有必要先摘出来：一是追逐时尚，即有些人只是转抄别人的资料或只用少数选本依靠某些时尚的理论和概念将其粘贴在一起；二是伪装旧学，号称做经学、考据学，做伪传统学问，自我东方化；三是文化大话，即把学术研究和社会评论混为一谈，通过媒体包装和渲染来哗众取宠；四是高调酷评，指写书评的人用饾饤知识找别人的毛病无限放大博读者眼球。葛先生的阅历、学养、地位、贡献在那儿摆着，对文史学界又有多年来的近距离观察和体会，这些批评无疑都是有其史料依据和具体背景的。

不过这本书最有价值之处是讨论怎么培养博士生的学术视野，怎么教博士生看书、写作。这也是我比较感兴趣的地方。我虽然不做博士生很久了，但还是很想看看葛先生的想法。这本《续编》主要选择了四位海外中国思想史学者的一些代表著作，通过深入分析这些著作的思想来源、学术史背景、研究的主要问题、主要贡献和一些缺陷，来教学生怎么读书。这四位学者包括包弼德、余英时、沟口雄三、艾尔曼，都是国际上有影响的思想史学者，也都和葛先生有很多交往，总之葛先生对他们的思路是不陌生的。但因为这些学者都是海外学者,他们的作品，正如葛先生所说的，是“外国的中国学”，也就是外国学了。可是因为“门打开了关不上了”，外国人也都在研究中国，也不能不管。这本书能这么细致地将一些重要著作的观点、方法、材料一一剖析，掰开来给学生看，是很不容易的。这本书里一些对这些著作的具体评述读者自己可以去看，我在这里不想赘言，只讲一些有普遍意义的看法。

葛先生首先指出，做学问要三面应战，一是要接受历史文献资料的应战，二是要回应学术史的挑战，三是要回应国际学界的质疑和竞争。他说：“你要对学术史，至少你本行的学术史有总体的、广泛的了解，不光了解中国的，还要了解日本的、欧美的，因为现在是全球学术的时代，这是我必须强调的一点。”（190 页）他将三方面分开说，其实应该合在一起说更好。学术史的发展离不开历史文献资料的发展，历史文献资料的新发现和新阐释是学术史的新进展，而国际学界的质疑和竞争，也是学术史的一部分，学术史的发展是不应以国家为界限的，所以实际上这三者不能分开。在第一点上，他主要强调要在史料上有新开拓，在史料上有新发现，论述自然会发生变化，而发现新史料是学术进步的最基础一步。这其实是两个不同性质的问题，所谓史料上有新开拓、新发现，也可能还是用旧史料，但因为学者引入新视野、新方法，提出新问题，使得人们对这些旧史料的意义和价值有了新理解。这与新史料的发现还是有差别的。

不止一次听学界同行讨论要培养学生的问题意识，问题意识从哪儿来？葛先生这书里对一些著作出现的中、外思想与学术传统及其政治背景有很多细致的分析，比如他指出内藤湖南唐宋变革论的来源有三，包括日本历史研究的资源、中国思想的背景、中国现实政治的刺激；他也指出包弼德的《斯文》一书也有思想史和文学史两个来源，特别比较了包弼德的思路与郭绍虞《中国文学批评史》的思路，从中可以看出包对郭的深度借鉴。做中古史的学者，谈论的很多还是陈寅恪六十年前提出的学术话语和理论框架。尽管海外中国中古史的学者都在讨论内藤湖南的理论，但已经发展出自己的一些论述，并引领了学术新潮流，这其中当然也包括葛先生举出的第一个例子，即包弼德的《斯文》一书。葛先生还以沟口雄三的著作为例提示了日本学界将亚洲想象成一个研究单位的理论与方法论背景，一是日本的亚洲史传统，二是西方区域史研究，三是西方后现代后殖民理论，四是法国年鉴学派的长时段历史研究观念。（129页）他批判了日本学界将亚洲作为方法替换成亚洲作为主体的做法，很有启发。

葛先生的书里有个问题讲得比较少，我这里稍微补充两句。其实一些学术著作出现时代的学术潮流这一背景也值得注意，包弼德的《斯文》一书虽然 1992 年才出版，但实际是将其 1982 年完成的博士论文修改成书，当时他对思想史的考察是离不开那个时代的学术史背景的，即当时思想史仍然是学术界比较主流的领域，与后来更年轻一代的中国史学者纷纷转向新文化史不一样。而且刘子健《中国转向内在》的影响仍然清晰可见，即对宋代政治和思想变化的关注。一个时代有一个时代的学术，比如许理和的《佛教征服中国》，也与五六十年代社会史的兴起密切相关，他的这本书是靠视野和方法取胜，材料上并没有超出汤用彤《汉魏两晋南北朝佛教史》所用材料的范围。当时类似的书还包括谢和耐的《中国社会中的佛教：五至十世纪的一部经济史》，这本书则不仅在理论方法上别具一格，材料上也用了很多敦煌文书。

培养学生不仅仅是技术活，需要动很多脑筋。就我所了解的范围，很少有人像葛先生这样在书里花一些篇幅讨论应该怎么给研究生上课的。他肯定不希望自己的学生培养出来沾染上一开始提到的那四种毛病，要么玩儿理论追逐云山雾罩的时尚，要么去玩经学装可笑的老古董，要么是整天写社会和文化评论做人见人烦的“评论型专家”，要么去写一些貌似严谨实际不得要领的豆腐块书评骗稿费。他所说的给本科生常识、给硕士生方法、给博士生视野，主要是针对目前中国大学教育制度，如果放在国际教育制度视野下，其实还值得再讨论讨论。视野和方法似乎不能按学习的不同阶段完全分开。

现代学术意义上的博士生培养，其实也是舶来品，套用葛先生说的话，本质上也是一门“外国学”。外国人怎么培养文史专业的博士生呢？外国的博士生怎么读书？怎么上课？讨论什么？基本上，美国的研究生上课，如果是三小时的席明纳，肯定是一手文献和二手文献并重，一半时间带着学生读原始文献，并尝试进行英译；一半时间则读二手的研究，要求学生写个读书报告，这个报告要讨论作者为何选择这一主题，这一主题为何重要，在什么意义上重要，对本领域如何重要？对本学科如何重要？甚至对整个人文学科如何重要？作者的思路、理论、方法、材料为何？有何贡献？有何弱点，如果要提高这本书，从什么角度怎么来提高？在材料和方法上可以接着做什么样的工作，诸如此类。而且要大家一起讨论，因为一个人读，有时候可能不一定能注意到或者准确把握比较重要的、有价值的东西。

中国研究生怎么读内藤湖南？中国学生怎么读陈寅恪？如果上课确实讨论这些人的著作，又是怎么讨论的？据一点个人的经验和观察，中国大学研究生教育基本上是以原始材料为基点的教育，上课以分析、解释原始材料为重点，而对前人尤其是诸如陈寅恪、内藤湖南一类的大学者的著作，基本上是怀着顶礼学习的心情来领会其妙处，而分析和反思是远远不够的。而美国文史学科研究生教育非常重视讨论第二手文献，特别注意讨论第二手文献的思路和方法。换言之，美国的文史研究生教育是以第二手文献的研读为基点的，当然也重视第一手文献，上课也花时间读第一手文献，但老师更注意训练学生如何思考和分析，重视思路和方法上的训练。葛先生也特别谈到了这一点，“除了要有广博的知识和犀利的思路之外，还需要做到以下两点：第一，检查史料和重复历史；第二，理论基础和方法检讨。对要评的论著，要检查其整体是否站得住脚，尤其是检查它的理论观念和研究方法上的问题，不仅要追根溯源看它的理论方法，而且要看它是否原原本本。”（194 页）我在最近出的新书《在西方发现陈寅恪》里特别讲到，做史学的方式主要有四种：辑佚、考辨、阐释、叙述。陈寅恪早年的东方学研究主要是考辨，隋唐史研究特别是两稿主要是阐释，晚年的《柳如是别传》则可以说是叙事史，当然里面也穿插了考辨和阐释。其实大多数人比较注重的是考辨，考据具体史实，人物、年代、事件等等，真正能阐释历史的学者比较少。这么多年来，中国的史学观念几乎没什么进步，相当一部分人仍然把史学当史料学来处理。

从以原始材料为基点的教育模式出发，学生会比较重视第一手文献的阅读，但也常常只关心是否能找到新材料，一旦找到新材料就如获至宝，好比是武侠小说里那些流连于深山老林古寺奇刹的习武者，总巴不得能找到一本秘籍，从怀里掏出来炫之于众。这样的训练结果是，学生即使读第二手文献，更注意的也是找材料，注意作者在材料上的所谓“硬伤”，特别是人名、书名、地名等等专名的失误，而很少关注作者的思路、方法、观点，即使有心去注意，也抓不住重点，不得要领，更谈不上借鉴作者的思路和方法来开拓新领域。有时候没读懂，以为自己读懂了，不能把握作者的主要观点，更遑论理论和方法，也不能理解作者所用材料和观点之间的逻辑联系，因而也无法从中受益，提出有价值的新问题。什么叫提出有价值的问题，例如葛先生在讨论完《朱熹的历史世界》之后提出要讨论思想的制度化、常识化、风俗化的过程，讨论新思想、新观念如何进入生活世界。（94 页）这其实便是给学生和读者指出进一步研究的路径。

在中国史学界，有个严重的是问题是史学理论与史学实践的脱节，从事这两个领域的学者只见缺乏交流。当然也有一些学者进行尝试将两者结合，但如果不成功则容易惹上葛先生提及的第一种追逐时尚将材料和理论硬粘在一起的毛病。实际上，比较理想的状态是史学实践要检验和修正史学理论，而史学理论要能帮助和拓宽史学实践。中国史学界一般做史学实践的学者，往往是重实证的学者，对理论比较陌生。而做史学理论的学者又多半关注国外新理论，不太评判国内学者的史学实践。归根结底，还是以前读博士时训练不够。只要看看最近一些年史学界的情况,便可略窥一斑。现在比较重要的学术领域的开拓、学术方法的提出，几乎都是从国外来的，什么环境史、女性史、全球史、新文化史等等。似乎中国学者唯一能自豪的就是整理材料了，尤其是新材料。每年写敦煌文书、简牍、墓志的文章至少有数千篇，已经形成了劳动密集型工业生产模式。这好比科技和工业界，中国大量出口钢铁、稀土，但都是粗加工，真正的新兴技术、新兴产品全是从海外引进。质言之，中国是史料大国，但不是史学大国。

在说到新史料的发现对学术的重要意义时，葛先生引了陈寅恪先生的一段话，“一时代之学术，必有其新材料与新问题。取用此材料,以研求问题,则为此时代学术之新潮流。治学之士，得预于此潮流者，谓之预流，其未得预者，谓之未入流。此古今学术史之通义，非彼闭门造车之徒，所能同喻者也”。一个时代有一个时代的学术。陈寅恪说的话前面一句是对的，后面一句话容易引起误解，似乎只有新材料的出现才会引发学术的新潮流。实际上，新材料和新问题是不能分开的，新问题的提出，会影响读者对材料的理解，旧材料也可能会变成新材料，被赋予新的意义。

新材料也应该包括对常见材料的新阐发而使之变成新材料。葛先生在一篇访谈里也提示了他读研究生时老师们给了很多方法上的启示。比如金开诚先生跟他说："给你一棵白菜，你也要做一桌席。"他解释说，就是要将史料用透，对历史材料的研究要像榨油一样榨干。榨什么呢？榨它里面的阐释意义和学术价值。其实，就他讨论的几本书而言，《斯文》没有用什么特别的新材料，他也说"《斯文》一书用的文献还是比较集中的，也就是说，大多是较常见和较经典的"（52 页）。而《朱熹的历史世界》原本就是出自余英时先生给《朱子全集》所写的序，也主要依据的是朱熹的作品。沟口雄三的三部著作也不以偏僻的新材料取胜。仔细一想，似乎只有艾尔曼的《从理学到朴学》用了比较多新材料，主要是清代考生的一些试卷，但这本书的主要成就也不在于用了很多新材料。这些书的主要成就都在于提出新问题，从新角度进行分析，提出新思路、新看法。比如，《朱熹的历史世界》的重要意义是"把研究脉络从理学为中心的哲学史转向与政治和社会结合的思想史"（79 页）；"把观察宋代思想的视野从单纯的思想世界扩展到广阔的历史世界"（81 页）。

最后说一下与同行交流的问题。葛先生说，"研究传统中国的文史学界，应当把自己取法、对话和商榷的视野，从外国专门研究中国学的领域，扩大到其他方面，研究中国思想史的人，也应当走出欧美和日本的中国学界，与研究欧美、日本思想史的学者互相对话”（141页）。这话很对。实际上除了思想史的学者，也可以和其他领域的学者互相对话。在中国，做中国史的学者往往和做世界史的学者不怎么交流，也不愿意看世界史领域的著作，这实际上对双方来说都失去了一个可资借鉴的思想资源，都是损失。随着世界史被评为“一级学科”，越来越多的学者走出国门，甚至海外留学回国的世界史学者越来越多，可以预见世界史在中国将迎来一个大发展的时代，也许中国史和世界史两个不同系统训练出来的学者将会有很多互相对话、互相促进的机会。

再有一点，在海外，大家写书很注意读者对象（readership），出版社都会让作者做一个问卷调查，其中一项就是你想写给什么人看，读者的层面可能分好多类，本领域（field）的专家是一类，本学科（discipline）的专家是一类，一般大学生、研究生又是一类，分清楚这一点也很关键，写作时也会注意以不同的内容和语言，以备不同层面的读者从中受益。这一点也非常值得中国学者借鉴。

圣人、武士和预言家：评韦斯特《韦斯特读本》

导 言

2002 年 1 月，韦斯特（Cornel West）的大名瞬间占领了美国两大主要媒体纽约时报和有限电视网（CNN）的教育频道。这位在美国知识界思想界享有盛名的教授因和哈佛大学新上任的校长萨莫尔斯（Lawrence H. Summers）发生争执，将离开他已任教近十年的哈佛，回到他早年任教的普林斯顿大学担任 1943 届讲座教授。萨莫尔斯认为韦斯特把过多的时间花在学术以外，参加太多的政治集会，发表太多非学术的讲演。韦斯特对这种说法加以反驳，认为萨莫尔斯的借口不足为怪，其实是因为自己的黑人身份遭萨莫尔斯嫉恨，实际上许多白人教授也在外面参加政治和社会活动，萨莫尔斯却不管不顾。韦斯特离开哈佛的消息一经传开，各个新闻媒体立即展开热烈讨论。普林斯顿大学出版的《校友周刊》（*Princeton Alumni Weekly*）更是讨论热烈，尽管有不少反对的声音，但欢迎的声音似乎更大。韦斯特将回到普林斯顿担任 1943 届讲座教授的消息传开，该届一位校友在周刊上发文威胁将不再捐款给该届基金会支持普大的讲座教职。但是，很多在校的本科生和研究生欢迎韦斯特回来。普大的校内新闻说，普林斯顿大学的著名教授莫里逊（Toni

Morrison）评论："普林斯顿真是极其幸运地重新得到了韦斯特。"莫里逊是第一位获得诺贝尔文学奖的黑人女作家（1993 年度）。笔者曾有幸参加一次莫里逊教授的讲座，该讲座的主持人则是韦斯特教授。韦斯特教授特别赞扬莫里逊对黑人语言文学以及拓展黑人精神世界的贡献，莫里逊显然是韦斯特的至交。

美国学术界很少有人像韦斯特这样对美国社会思想和政治等各个方面产生深远的影响。美国女诗人、作家、艺术家、黑人民权活动家安格罗（Maya Angelou）评价韦斯特时说："韦斯特思考像一位圣人，行动像一位武士，写作像一位充满诗意的预言家。"[①] 值得注意的是,安格罗和韦斯特都是美国黑人民权运动领袖。生于 1928 年的安格罗曾在马丁·路德·金的领导下参加六十年代的黑人民权运动。而韦斯特则是当代极有影响的黑人教会领袖、社会主义运动领导人、黑人思想家。已故哥伦比亚大学教授、著名文化批评家塞义德（Edward Said, 1935–2003）评价说："韦斯特是一位希望和理性的真正导师。"[②] 对于这样一位重要的对美国学术和社会有巨大影响的思想家和政治活动家，中国学界似乎还十分陌生。本文仰赖最全面反映韦斯特生平和学术的《韦斯特读本》（*The Cornel West Reader*），简单介绍韦斯特的生平和思想与学术。[③]

---

① 《韦斯特读本》（*The Cornel West Reader*, New York: Basic & Civitas Books, 1999）封底。

② 同上。

③ 笔者曾就介绍其学术成就给中文学界问询于韦斯特教授，韦斯特教授指点阅读该读本可大致了解其学术经历和贡献。

韦斯特小传

迄今为止，虽然韦斯特教授的活动涉及学术、政治、宗教和艺术活动，但他一生大部分时间是在学院中度过。他把自己描述成“预言式的、基督教的、实用主义自由战士。”[1]而在美国公众心目中，他是哲学家、民主社会主义活动家、神学家，从这些头衔大概可以看出他的学术和公众活动重点。但同时，他也是一位有趣的人，他受仰慕他的导演邀请在风靡一时的电影《黑客帝国》(The Matrix) 中扮演了作为人类最后的避难所锡安(Zion) 城的资深议员，在剧中有若干句充满哲理的台词。由此可见其活动范围之广。

韦斯特 1953 年 6 月 2 日出生于美国南部俄克拉荷马州塔尔萨城 (Tulsa) 的一个基督教家庭，他的祖父是该城浸礼会的牧师。五年以后全家迁往加州首府萨克拉门托。他的母亲是一位学校教师，父亲则是美军空军后勤人员。他家有四个孩子，他是两个儿子中的幼子。他青少年时常常参加萨克拉门托黑人美洲豹组织的活动，和这一组织的成员们讨论马克思主义，他很佩服这些人的军事化组织纪律和慈善工作，但是无法容忍他们对宗教的拒绝特别是对黑人宗教运动的谴责。到 1970 年，韦斯特得到一个很好的机会进入哈佛学院读本科。韦斯特说得益于六十年代的民权抗争，使他那黑人基督徒的外在身份没有在入学时给他带来被歧视的耻辱。[2]但是，那时只有百分之十八的黑

① 前揭《韦斯特读本》，214 页。

② 前揭《韦斯特读本》，5 页。

人孩子能够上大学，因而韦斯特认为为自由进行的抗争是远远不够的。他需要一种对历史的深刻理解，一种对人类生活更为深远的关注。所以他选择研究哲学。他的主修虽然一开始是哲学，但为了早点毕业，转向了主修近东语言与文学，特别是《圣经》希伯来文和阿拉美文。然而实际上他的主要兴趣在历史和社会思想。他当时听过很多哈佛名教授的课，比如社会学家帕森斯（Talcott Parsons）和政治哲学家罗尔斯（John Rawls）。他经常和左翼学生一起活动，参加了有影响的黑人学生组织（Black Student Organization）领导的校园集会。这个组织最著名的行动是在 1972 年一度占领哈佛校长办公室所在的麻省大厅，抗议哈佛在波斯湾对石油事业的投资，并声援安哥拉的反帝斗争。当时韦斯特因为要参加希伯来语考试，没有卷入占领大厅的行动，但后来在周末参加了包围大厅的五千人示威。那时的美国，各种黑人民族主义开始活跃，而韦斯特虽然也和各种黑人民族主义者接触，一起讨论，但他在受马克思主义影响的同时更服膺基督教的民主社会主义价值观。他还回忆了他与美国托洛茨基主义者的接触，但他表示他从未被托洛茨基主义征服。他的政治思想更多受尼布尔（Reinhold Niebuhr）、托尼（R. H. Tawney）、科拉科夫斯基（Leszek Kolakowski）等人的影响。他那时还特别欣赏克鲁斯（Harold Cruse）的《黑人知识分子的危机》（The Crisis of the Negro Intellectual）。[①]

1973 年从哈佛毕业之后，韦斯特选择了普林斯顿继续他的

① 同上，6 页。

学业。那时的普林斯顿大学哲学系是全美最好的哲学系。普大哲学系在维特根斯坦哲学研究、继承黑格尔—马克思哲学传统的社会哲学家卢卡奇与法兰克福学派研究等方面特别吸引韦斯特。在普大哲学系，他的老师主要是考夫曼（Walter Kaufmann）和罗蒂（Richard Rorty）①。这时的韦斯特更为关注个人与社会的关系，他转向研究马克思主义伦理学。在普大学习了两年，他于 1975 年获得硕士学位，并获得杜波依斯奖学金，回到哈佛撰写博士论文。在他的博士论文《马克思主义思想的伦理维度》（*Ethical Dimensions of Marxist Thought*）中，韦斯特指出，马克思试图把现代历史意识和个人与民主的伦理价值结合起来。他以此研究于 1980 年获得普林斯顿大学博士。②

1977 年韦斯特获聘纽约协和神学院（Union Theological Seminary）宗教系助理教授。韦斯特认为这家大学十分适合他，有三个原因：当时的协和神学院是美国解放神学的中心；协和神学院也是全国黑人神学教育的中心；协和神学院让他同时教授哲学、社会理论、历史、文学批评以及文化思想。这样的环境对于一位成长中的文化批评家十分重要。他认为他在协和神学院教书的同时，也受到了一种新的教育。这个教育来自当时的教会史教授华盛顿（James Washington）。此后一直到 1984 年，

① 罗蒂（1931—），本科毕业于芝加哥大学，1956 年获耶鲁大学博士，1958—1982 年任教普大，1982—1998 年任教弗吉尼亚大学，1998 年至今任教斯坦福大学。2004 年曾到中国巡回演说，作学术交流。他对普林斯顿哲学学派贡献很大。

② 《马克思主义思想的伦理维度》一书出版于 1991 年。见 *Ethical Dimensions of Marxist Thought*. New York: Monthly Review Press, 1991.

韦斯特一直在协和神学院任教，1984 年至 1987 年他转往耶鲁神学院任教，1987 年至 1988 年他再次回到协和任教一年。1988 年，韦斯特被聘为普大宗教系教授，并被任命为普大非裔美国人研究（African-American Studies）项目主任。直至 1993 年他才离开普大，任教于哈佛杜波依斯非裔美国人研究所，并在 1998 年获聘为哈佛校聘福莱切尔讲座教授（Alphonse Fletcher Jr. University Professor）。韦斯特在哈佛的学术生涯非常成功，他于 1996 年被普大授予麦迪逊奖章（James Madison Medal），这是普大授予研究生校友的最高荣誉，反映了普大对韦斯特作为杰出校友的自豪。2001 年，从克林顿政府内阁中退职的前财政部长、著名经济学家萨莫尔斯担任哈佛校长，韦斯特开始感到压力，并于 2002 年重回普大宗教系任教，这就是我们在本文开头所交代的故事起源。应该指出的是，韦斯特和称赏他的文化批评家萨伊德一样，都是在美国顶尖大学受大学和博士教育，学术造诣深厚，深知美国知识界思想界的文化偏见及其历史根源，所以才能在文化批判领域成就其事业。韦斯特和萨伊德是哈佛、普林斯顿的双料校友。韦斯特哈佛本科，普大博士；而萨伊德是普大本科，哈佛博士。

韦斯特的学术阅历和事业可谓极其辉煌，曾任教所谓美国名校的三巨头（HYP）：哈佛、耶鲁、普林斯顿，其政治和宗教活动也值得介绍一二。韦斯特不仅在学术上深受马克思主义影响，他在政治上是著名的左派活动家、民主社会主义运动领导人。他在政治反对种族压迫，支持社会正义，反对帝国主义、殖民主义压迫。就在 2004 年，他还出版《民主当然重要：赢得反对帝国主义的战斗》一书。[①] 这本书自然成为美国民主社会主义运动的重要指南。他是美国民主社会主义党（Democratic Socialists of America）名誉主席之一。该党拒绝承认现存的资产阶级主导的政治、经济、文化、种族、性别和社会秩序，主张促进美国人民的民主自由与团结。韦斯特以其在美国学术界思想界的巨大影响，很快成为该党的精神领袖和灵魂人物之一。但是，他承认，尽管他曾有七年任职于该党全国政治委员会，他的葛兰西式民主社会主义思想在该党内部还不是主流，只是思想流派之一。[②] 他还运用马克思主义的历史意识来为反种族主义提供思想武器。他在俄勒冈大学的一次演说中指出，美国人缺乏历史意识，黑人现在的状况是历史的延续；欧洲移民可以很快融入美国白人的主流社会，而黑人却很容易成为被压迫的对象，不能被广泛地接受为美国社会平等的一分子。

在政治上，韦斯特不仅积极参与美国国内的反种族主义斗争，也积极支持国际上的民主自由斗争。2000 年，韦斯特和其他许多美国著名知识分子在《纽约书评》上联合发表致伊朗总统哈塔米的公开信。[③] 除韦斯特外，署名这封信的美国学术界思想界名流还包括当时哈佛校长陆登庭（Neil L. Rudenstine）在内的一些名校校长，以及文化批评家哥伦比亚大学教授萨伊德、

---

① Cornel West, *Democracy Matters*: *Winning the Fight Against Imperialism*. New York: Penguin, 2004.

② Cornel West, "The Making of an American Radical Democracy of African Descent", *The Cornel West Reader*, p. 12.

③ "An Open Letter to President Khatami", *The New York Review of Books* 47: 5 (March 2000).

华裔美籍诺贝尔物理学奖得主普大教授崔琦等人。这封公开信谴责了伊朗政府在 1999 年大规模镇压德黑兰大学学生的行为，要求哈塔米尊重伊朗知识界的信仰和思想自由。

韦斯特的思想与学术——以马克思主义为中心

韦斯特年轻时负笈哈佛、普林斯顿两大顶尖名校，从学于许多学术大家，博士毕业以后又执教多所名校，在学术上成就非凡，著作等身。他曾赢得全美图书奖（American Book Award），他还获得二十多个荣誉学位。他的思想十分清晰，他的写作十分准确流畅，这使得他大多数著作都赢得了极为广泛的读者。仅 1993 年出版的《种族当然重要》（*Race Matters*, 2001 年再版，加了新序）就售出了将近四十万本，这在美国学术界几乎是难以想象的。这本书引起了全国范围内的讨论，并促进了种族间的政治对话。韦斯特其他影响巨大的著作还包括《哲学的美国式规避——实用主义的谱系》（*The American Evasion of Philosophy: A Genealogy of Pragmatism*. Madison: University of Wisconsin Press, 1989）。这本书是美国哲学系、宗教系研究生学习美国实用主义哲学史的标准教科书。总的来说，韦斯特的贡献在于以文化多元主义来批判美国文化的种族主义历史根源。他善于从基督教和马克思主义思想中挖掘资源来谈论种族平等、社会民主和自由以及社会公正。他的思想和学术攻击的对象主要是种族主义和帝国主义。限于篇幅，本文难以全面介绍其学术成就。而本节对韦斯特学术的介绍将集中其继承马克思主义遗产的部分。韦斯特的学术集中在哲学、社会思想、和文化批判。他的社会批判思想尤其体现在从文化研究的角度对种族主义进行思想的、政治的批判。《韦斯特读本》除去前言和结语部分，主要内容分为八个部分：第一部分是韦斯特教授的思想自传；第二部分讨论现代性及其不满；第三部分讨论美国实用主义；第四部分讨论进步的马克思主义理论；第五部分讨论激进民主政治学；第六部分讨论预言式的基督教思想；第七部分是艺术批判；第八部分则是谈种族和区别。从以上内容来看，全书涉及政治、哲学、宗教、文化等诸层面，十分广博浩繁，限于笔者学力，本文无法一一介绍。本节主要介绍第四部分即讨论马克思主义的部分。

这个部分包括三小节：首先是马克思主义理论的不可缺性及不足性，其次是詹明逊（Frederic Jameson）的美国式马克思主义，最后是种族与社会理论。韦斯特教授主张，在目前这个时代，必须维护马克思主义理论的基本立场，即反对利益驱使的野蛮资本主义。韦斯特认为进步的马克思主义理论虽然有不足，但对于激进民主仍然是必要的，不可缺少的。第一小节“马克思主义理论的不可缺性及不足性”主要是以匈牙利哲学家克雷多尔（Eva L. Corredor）访谈韦斯特教授的形式展开。韦斯特认为卢卡奇是二十世纪最伟大的马克思主义哲学家，因而不仅在他的博士论文中有一整章是讨论卢卡奇的名作《历史与阶级意识》，韦斯特还发表长篇论文讨论卢卡奇著作中的文学批评、黑格尔式马克思主义以及社会本体论。他承认卢卡奇对他的进步马克思主义理论影响甚大，但他毫不含糊地扬弃了卢卡奇的目的论式的黑格尔派马克思主义以及落后的斯大林主义政治学。

在访谈中，韦斯特回顾了自己对卢卡奇发生兴趣和进行研究的经历，他指出，他生命中对于意义的追寻来自克尔凯郭尔的传统，而对于自由的追寻则来自马克思主义特别是卢卡奇哲学传统。[①]他同时还谈到他的历史分期思想也受卢卡奇影响，他认为商品化是推动历史发展的重要力量，尽管不是唯一重要力量。他把1492至1945年的世界史称为“欧洲时代”，而把1945年以来的历史称为“美国世纪”。韦斯特教授认为，长期以来人们忽略了马克思主义对于认识今天美国现实的意义。他指出，马克思主义认为在资本主义社会中，资本家、金融精英和政治精英已经结合起来控制财产、地位、声望和权力等各种资源，而贫困的劳动阶级则不能接近这些资源。这种对社会的批判思想对于当今的美国社会特别有意义。[②]韦斯特说冷战的结束使得东欧开始拉丁美洲化，成为国际垄断资本控制下的市场一部分。他主张应该重新审视马克思主义的伦理层面，但是他的所谓马克思主义，主要是马克思的思想。他认为马克思在《共产党宣言》中主张的劳动阶级必须对他们的存在条件特别是工作条件有所控制，这是深刻的民主思想。但是韦斯特指出，和马克思主义不同，列宁主义在实践马克思主义的伦理时错误地发展出管理精英阶级，从而导致共产主义在俄国成为压迫人民的政权。[③]韦斯特虽然极力赞赏马克思主义思想，但他认为马克思主义思想传统有一些不足，比如马克思主义传统中没有深刻的文化的概念，

① 《韦斯特读本》，215页。

② 同上，222页。

③ 同上，223页。尽管他没有提斯大林，但他可能特别指后来的斯大林主义。

特别是欲望和喜悦的层面。马克思主义也缺乏对各种身份认同的讨论，比如民族主义。韦斯特对于民族主义的解读十分独特，他认为民族主义是精英为了控制市场和人口划定一个区域的思想，所以从这个意义上说所有的资产阶级都和民族主义有关联。资产阶级渴望被承认、被保护、被赋予他们自己的意义。因此民族主义必须被理解为精英的心理文化现象和制度化现象。马克思主义没有太注意这一现象的心理文化层面。这一现象需要弗洛伊德理论补充。①

第二小节韦斯特讨论了詹明逊的美国版马克思主义。两人曾在二十世纪八十年代的左派杂志《社会文本》(*Social Text*)共事多年，相互之间十分了解。韦斯特说詹明逊是美国文化中最重要的马克思主义思想家。他们经常讨论葛兰西和雷蒙威廉等马克思主义思想家。这一小节首先发表于1982年，讨论了詹明逊对法兰克福学派和本雅明救世式马克思主义的看法。韦斯特认为詹明逊对法兰克福学派、俄国形式主义、法国结构主义和后结构主义以及卢卡奇、萨特、阿尔都塞、韦伯、马林等思想研究都贡献巨大。韦斯特在这一小节中首先探讨了詹明逊的欲望的政治化概念，他认为詹氏的这种概念主要思想来源首先是德国思想家席勒，然后是马尔库塞。詹氏主张的这种概念构成他的自由概念的中心部分，他的自由可以理解为对现存状况的一种不满。韦斯特认为这种欲望概念和后结构主义主张的追寻当前自由的意志不同，而是有一种超越当前的意义，更近乎基

① 同上，225页。

督教的对于拯救的意志。韦斯特还指出詹氏的政治无意识概念更多发源于福莱（Northrop Frye）关于一种"对社区命运的象征性默想"的文学概念。福莱是美国的结构主义者，他主张欲望、自由和叙事之间有重要的关联。詹氏则批评福莱主张的这种关联太过于理想化和个人化。相反，詹氏预设了伦理和认识论之间的单一关联。他把欲望的概念道德化和政治化，并区分两者的不同。韦斯特认为这种预设存在三种误解。詹明逊相信资产阶级主体的认识论式的去中心（decentering）能被平稳地变形进入道德层面作为一种对资产阶级主体个人化伦理的攻击；其次，詹明逊假设后结构主义对认识论和形而上学双重对抗的攻击能够转码成伦理对抗的障碍；第三，詹明逊误读了现代哲学的三个重要方面：尼采对善恶的超越企图，黑格尔对康德式道德的批判，以及马克思对资产阶级伦理的拒绝。韦斯特对于这三个层面的批驳十分详细，此不赘言。[1]

第三小节标题为"种族与社会理论"，讨论了美国种族主义问题。他首先指出有三种保守的非裔美国人受压迫观点：市场的、社会学的、和文化主义者的观点。第一种理论认为市场理性即追求利益最大化导致白人雇主和雇工的主导地位。第二种理论认为黑人的基因存在不足，生物原因导致黑人的从属地位。第三种看法认为非裔美国人文化的特点和内容使得他们在美国社会中缺乏竞争性。韦斯特指出这些观点都以利益和市场理性为理论基础，不主张政府干预，改善现存状况。接着他指出了

① 同上，242–250 页。

两种自由主义的非裔美国受压迫观点：市场自由主义和文化自由主义。市场自由主义主张用政府干预改变黑人受雇的局面，而文化自由主义者则主张以制度保障黑人雇工的权利。但是不管是保守的还是自由的观点，都以市场理性为立足点。然后韦斯特分析左翼自由主义者的立场。他认为左翼自由主义者强于其他自由主义者和保守主义者的地方在于他们有历史的观念（a sense of history）。[①] 他以威廉威尔逊（William Julius Wilson）为例，认为左翼自由主义者的种族理论来源于韦伯式的结构主义（比如 Talcott Parsons）和功能主义，而不是新古典主义经济学。最后他分析了马克思主义的种族压迫观点。马克思主义认为种族压迫的实质是阶级剥削和国家支配。韦斯特则认为应该有一种新的理论来进一步认识种族压迫的现状，他提出了自己的谱系唯物主义分析（genealogical materialist analysis），这可以看作是对马克思主义历史唯物主义的新发展。他主张对社会实践比如种族歧视的理解应该置于对文化传统背景的理解之中。其次，他还主张对种族主义应该采取历史的、地方的（或他称为微观制度的）、宏观结构的分析。他实际上在主张一种历史学和社会学的互相发明的双重分析。[②] 总之，家庭的基督教背景、普大哲学系时代罗蒂的实用主义哲学、卢卡奇的马克思主义、协和神学院的解放神学是韦斯特思想和学术的主要源泉，而反种族歧视、反帝国主义则是韦斯特思想的基本出发点，这似乎可以看

---

① 同上，254 页。

② 同上，261–265 页。

作是当代美国马克思主义发展的一个新方向。

总之，韦斯特的思想来源是多方面、多层次的，值得细致考察。本文只是抛砖引玉，提供一些韦斯特学术生涯和思想主张的侧面供读者参考。有兴趣的读者可以找到自己感兴趣的韦斯特著作进一步阅读和研究其思想。笔者今后也会在其中选取若干重要的作品予以介绍和分析。思想学术所谓博采众长，大概意义就在于此。

评克默雷尔《动物与世界诸宗教》

《动物与世界诸宗教》是蒙大拿州立大学比林斯分校副教授丽莎·克默雷尔 2012 年出版的一本新书，也是作者出版的第二本著作。此前她在 2006 年出版了一本《寻找一致性：伦理学与动物》（*In Search of Consistency: Ethics and Animals*, Leiden: Brill Academic, 2006）。她也同时主编了三本有关动物和女性主义的书，第四本主编的书也即将出版，堪称是多产作家。克默雷尔身兼伦理学学者和动物保护主义活动家双重身份，不仅出版大量书籍，也积极参与动物保护的社会活动。她在俄勒冈的里德学院完成本科学业，论文写汉藏关系，所以她很早便对宗教特别是佛教开始予以关注。本科毕业后她进入哈佛神学院学习比较宗教学，获得硕士学位。接着她又到苏格兰留学，在格拉斯哥大学获得哲学博士学位，毕业后进入蒙大拿州立大学任教。虽然她现在被认为是所谓动物研究（Animals Studies）的学者，但其学术的主要出发点是神学和哲学，特别是伦理学。她的论著多在伦理学的框架下讨论对动物的认识和对待。《动物与世界诸宗教》虽由牛津大学出版社出版，实际上是一本学术性非常有限的作品，只不过近年来动物研究方兴未艾，出现了相当多的论著，值得介绍一下此书的基本研究取向和一般看法与立场，这些因素反映了当前所谓“动物研究”的主流。将来它往哪个方向发展，尚不完全清楚，但动物研究一定会是一个多学科交叉合作的新领域。

在评论这本书的主要内容之前，其产生的学术背景值得提示一二。动物研究（Animal Studies）如今在欧美已逐渐发展成一个独立的领域，如同宗教研究（Religious Studies）和美国研究（American Studies）一样，既不同于传统的生物学主导的动物学（Zoology），也不同于传统的科技史（History of Science and Technology）或者科技与社会（Science, Technology and Society），而是一个跨越传统学科界限的新领域，它强调以动物为研究首要客体，突出以动物主体性为重点，理论和方法上综合了多种研究学科，涉及神学、哲学、人类学、历史学和文学等各个传统学科领域。尽管它尚未作为独立科系进入当前学术和教育系统中，但已经以所谓新专业领域进入了一些专业性学会。比如，传统上所谓主流的学术组织如美国宗教学会也专门设立了“动物与宗教”（Animals and Religion）小组，正式接纳其为独立领域。动物研究的从业人员也组织了一些民间学术组织，有些群体、组织和刊物已逐渐崭露头角。在一些大学和科研单位，很多以动物研究为名的研究机构和学会也相继成立。博睿（Brill）、天普大学、哥伦比亚大学、约翰霍普金斯大学等出版社相继出版了一系列动物研究的丛书。这其中有相当多的论著是从实践伦理学的视角来讨论人如何对待动物的。有时从传统的、严谨的学术立场而言，有些这方面的论著似乎学术性不够，更多是特定话语的构建和宣传。有关动物研究的发展，我在拙著《动物与中古政治宗教秩序》（上海古籍出版社，2012 年）

的导言部分作了梳理，请读者参看。而这里评论的克默雷尔这本书主要涉及各个宗教神学和伦理学对动物的认识和态度。

这本《动物和世界诸宗教》正文部分包括前言、结语和七章，另外还有附录、参考文献、延伸阅读、索引等部分。作者在简短的前言中主要介绍了此书写作的重点和取向，指出此书旨在将二十世纪七八十年代由雷根（Tom Regan）、辛格（Peter Singer）等人发起的实践伦理学引入对宗教思想的讨论，即讨论世界诸宗教核心教义部分对动物的看法和立场。作者主要选取了两位学者包括神学家帕顿（Kimberley Patton）和宗教动物学家瓦尔多（Paul Waldau）的看法，指出诸多宗教的主要价值是对动物友好的。作者在本书中试图用一套模式和框架在这方面作进一步提示，集中探讨以下三方面的论题：一、此书关注的是这些宗教的核心概念，特别是其道德立场；二、此书主要从正面的、肯定的角度表达对动物的关注，指出这些宗教的共同特点是慈爱，对动物友好；三、此书主要讨论宗教思想，而非行动，这并非一个行动宣言。不过，这本书写得很通俗易懂，也很简略，涉及的主题非常之多，常常也只能蜻蜓点水，一笔带过。一般读者可以作为入门书看，其中很多看法非常片面和简略，反映了动物保护实践者带有个人价值偏向的选择性立场。

在结语部分，作者一方面回顾了前文的讨论作出一些结论，另一方面亦推广到讨论宗教对现实生活的意义，比如传统宗教思想的复兴、对保护动物和人类免于受罪的意义、从宗教看人与动物和自然的和谐关系等等。作者认为通过考察世界各主要宗教的圣典，可知在传统宗教的教义中自然和动物是神圣的，而“动物”（anymal，包括人和动物）在人的精神景观而言占据中心地位，我们欠“动物”尊重、公义和慈爱。早在2006年，克默雷尔便发表文章发明了anymal一词，用于包括人和动物在一起的不带歧视性的“动物”，反对西方传统上对人和非人动物（nonhuman animals）的二分法。[①] 不过，目前这个新词采用的人很少，在学界影响并不大。作者认为各宗教圣典均强调动物和人类都面临死后的命运，都信仰造物主的教导，即神圣性实际上植根于每个anymal的生命之中。这些宗教还认为所有的物种均有其个性和智力，动物们也有精神、智慧，能够丰富人性。宗教圣典也认为各个物种之间的连续性（continuity）实际上要超过其分别（separation）。

作者特别批判了那些所谓利用动物的宗教说辞，指出这些所谓支持利用动物的说辞实际上来自一些宗教的特定习惯和实践，源自古代的饮食习惯和农业实践，与宗教对动物友善的核心教义实际上相抵触。她也从三方面批评了那些为利用动物而以宗教作辩护的人，即这些人不了解现代肉类生产过程，这些人不了解人们对动物的处理实际上与社会正义特别是种族主义、性别主义、贫困、饥饿等问题联系在一起，这些人也忽略了对宗教教义处理动物的认真探讨。作者也认为世界诸宗教以其慈爱的核心价值为解放“动物”提供了道

① Kemmerer, “Verbal Activism: Anymal”, *Society and Animals* 14/1, 2006, pp. 9–14。

德基础，并追溯了宗教对人和动物受难的看法，认为诸宗教并不认为动物受难比人类更不重要，而通常主张二者同等重要。最后作者总结了人类改变饮食习惯对于保护环境和动物、实现生态和谐、重建社会正义的重要意义，她认为这些宗教或者回到核心的教义和价值，或者继续错误地利用动物而失去作为宗教存在的意义。

下面将提示此书正文部分的一些讨论。正文部分七章实际上是逐一讨论七种主要宗教：本土宗教传统、印度教传统、佛教传统、中国宗教传统、犹太教传统、基督教传统、伊斯兰教传统，作者倾向于不讨论这些宗教传统内部的教义和宗派纷争，而是侧重于其核心概念，比如佛教中的“不杀”以及基督教中的“爱”。实际上学术界已经有不少论著分别探讨这些宗教对动物的看法，[①] 少数论著讨论两种宗教传统，[②] 但将所有主要宗教传统放在一本专著而非论文集中讨论，无疑克默雷尔在这方面开了一个先河。只不过这需要极为博雅的学识，对主要宗教均有较为全面而深入的掌握，目前作者显然还做不到这一点。作者在讨论这些宗教传统时，主要讲三个主题，一是该宗教对自然、动物的一般看法，二是神与“动物”的关系，三是人与动物的关系。这七种宗教传统中，对我而言，印度教、伊斯兰教和犹太教传

① 最重要、最全面的作品是一本论文集 Paul Waldau and Kimberley Patton eds., *A Communion of Subjects: Animals in Religion, Science, and Ethics*, New York: Columbia University Press, 2006。

② 如 Paul Waldau, *The Specter of Speciesism: Buddhist and Christian Views of Animals*, Oxford: Oxford University Press, 2001。

统不太熟悉，所以只能提供一点介绍，佛教和中国宗教部分较为熟悉，会做一点批判性评价。

首先是本土宗教，作者实际上指没有创教教主，也无一套圣典的宗教传统，它们乃是出现在犹太教、道教、印度教之前的古代宗教。她认为一些植根于本土宗教的思想仍然保持了连续性，所以仍用进行时讨论这些思想，而非注重历史进程中的信仰和实践。她举出世界各地的例子，提示对古代神话的理解可帮助了解古人对自然的看法，而在古人看来，自然和动物均有神圣之一面，自然、超自然密切联系在一起，人的世界与自然世界也相互依存，人与自然被视为一体（Oneness），人有责任保持宇宙的持续性和平衡，人尊重自然界的总体性，也应尊重动植物并示以慈爱，尊重动植物王国的自治秩序。古人塑造了一个太平世界，动物主要以植物为食。作者还注意到转世是很多本土宗教对死后生活的看法，人和动物的肉体会解体，之后会再生，再生的结果依赖此世的道德和责任。她认为古人遵守狩猎道德，即注重狩猎的必要和有限，而不是滥猎。有些宗教传统发展出权力等级，神成为动物的保护者，阻止人破坏动物界的秩序，而在某些地方，动物也作为神圣的造物主出现。在动物与人的关系方面，很多宗教认为人和动物极为类似，在亲缘和社区组织方面如出一辙，甚至某些家族认为自己乃是某些动物的后代。人和动物在形式上可以互换，而动物有时又是人类社区的保护者，人和动物在精神上可以相互沟通，而人也发展出仪式实践以短期禁止狩猎，保护动物。

第二章讲印度传统。作者首先解释了来源于吠陀宗教的印度传统将自然视为神圣并崇拜神牛，接着举出一些《吠陀》圣典中的教导，讨论了以慈爱对待天地万物的“不杀”（Ahimsa）或非暴力思想，这种思想和转世轮回思想相结合，其关键在于转世轮回思想使得众人从他者中看到自己，从自我看到他者，因而不得伤害一切有情，而这一切都是“业”在起作用。而在《奥义书》中，永恒的“大梵”或者“大我”存在于天地万物之中不灭，这也是不杀思想的基础。作者也注意到古代印度人将肉食仅视为多种选择之一，而非生活所必需。《五卷书》则对生命高度重视，鼓励非暴力，不鼓励狩猎。在神与“动物”的关系方面，动物常常作为神的坐骑出现，也有一些半人半兽的有情，牛和龙是印度宗教传统中比较重要的动物。说到人与动物的关系，《五卷书》、《摩诃婆罗多》中的很多故事均以动物为例来谈论道德教训，动物被说成和人一样聪慧。在很多故事中，人、动物、神三者之间可以互换形式出现。作者也提示了耆那教哲学和道德，注意到不杀思想和对动物的慈爱与吠陀宗教并无大异。

第三章讨论佛教传统。这也是十分古老的传统，在全世界各地发展出不同的形态，而作者试图回避不同地区、不同佛典塑造的不同佛教传统之间的差异，而集中讨论其共通的所谓核心思想。作者首先引用各种佛教传统中提及僧人生活对于自然的重视，如乐游山林之间一类说法。在讨论佛陀本人关于众生以业报平等转世的说法时，主要引用佛本生故事。这里面可以商榷之处甚多，实际上动物在六道中的地位还是很低的，读者可参考汉堡大学退休教授施密特豪森（Lambert Schmithausen）

有关佛教与自然的系列论著以及我本人在《动物与中古政治宗教秩序》中的讨论。作者也讨论了佛教中不杀生、慈悲、菩提心、菩萨、业报、无我、十二缘起、佛性等概念，简单提示了人和动物均会因业报而转世轮回，生活于同样的道德和精神之律控制之下，受因果业报。在提及不杀、慈悲时除了大量引用二手研究之外，主要依据《法句经》，但所依赖的仍然是旧版本，尽管书中也提及汉传和藏传佛教，太过简略。

第四章谈中国传统，其实主要是儒家和道家传统，但作者的理解和解释相当粗浅。作者认为儒道是互补的，儒家并不重视自然，也不排斥，而道家更重视自然。作者在引述材料时，和前面几章一样，基本上不说明为什么引这个材料，比较随意，而且跨越漫长的历史时期，一会儿引《庄子》，一会儿又引王阳明，基本上都是选择有利于自己的材料。她对儒家和道教的看法是儒家侧重家庭和社会组织中的角色，而道家侧重自然、动植物，这都是非常简化的流行看法。作者看来也对不同历史阶段的道教和道家不加任何分别，会在举《道德经》为例之后立即引《老君八十一戒》。作者在儒家哲学和道德的标题下讨论了一些重要的儒家概念，如天、仁、君子、太极、太一、慈等等，认为在儒家话语中天道即道德秩序、自然秩序即道德秩序，而动植物、人类均在这个秩序下生活。在道家哲学标题下讨论了道、慈、简、不敢为天下先、尸解、和谐、无为等概念，主要强调对自然、对动植物的慈与爱，对自然秩序的尊重。当然，作者也提及了中国传统文献中通人性的动物及其与人类的互动。总体上，作者认为儒家的仁、太极、太一、慈等概念与道家的慈、简、不敢为天下先、无为等概念均体现了对动物的慈和爱。

最后三章讲三种亚伯拉罕宗教（Abrahamic Religions）对动物的看法。首先第五章讲犹太教传统。在犹太教中，自然乃至整个宇宙均是上帝所创造，自然也是神圣的，人类尊重自然界乃是义务。在犹太哲学和道德系统中，慈爱乃占据中心地位，一个人应爱其同伴、邻居，也应爱自然界的其他生物，质言之，应爱一切凡是上帝所造之生灵。所以，在犹太教传统中，诺亚和约瑟因为显示对生灵的爱而备受尊崇。犹太教中也有“不伤害”（Tsa’ar Ba’alei Chayim）的思想，这要求人们不得将自身赢利置于他者需要之上，不得伤害他者。犹太《圣经》中教导人们不得让他者感到沮丧和失望，而且要心存谦逊。作者也讨论犹太律法对动物的保护和帮助。犹太《圣经》中也认为上帝和人之间有盟约，在盟约中人类被称为肉生，与动物实际上并无分别。在犹太教传统中，动物被赋予很大的独立性，野生动物不应被人类使用、驱赶、控制。换言之，动物享有其上帝所赋予之自由，人有义务保护和帮助同样是上帝创造的动物。犹太文学中的动物常常也是通灵的，其灵魂上的感触有时甚而超过人类，也握有道德的权威。最后，在犹太教看来，人和动物都将回到上帝创造的太平祥和之国。

第六章讲基督教传统。作者也首先引《创世纪》云上帝创造了万物包括动物，上帝垂爱万物，圣徒们热爱居于自然之中，与动物为邻，和动物有着紧密的联系，而圣徒与教会均有义务保护上帝所创造的动物。然后作者在基督教哲学和道德框架讨论了耶稣、耶稣作为解放主义者、爱与慈爱、圣职、和平、分享、谦逊、受难、饮食、狩猎等主题，作者指出耶稣在基督教会的形象常常和温顺而非凶残的动物如绵羊、驴等等联系在一起，他将上帝之爱无私地传递给人和动物。作者也讨论神与动物以及人与动物的关系，但非常简略。总之，作者对基督教的讨论，与西文学界已经积累的浩如烟海的二手文献相比，并无特别之处，而显得非常简单。

最后一章讲伊斯兰教传统。之前关于伊斯兰和阿拉伯传统中动物的地位和价值，主要由福尔茨（Richard C. Foltz）出版过一本专书。[①] 克雷默尔的叙述主要是介绍性的，除了偶尔引用《古兰经》的说法之外，也主要依赖第二手文献。在伊斯兰教传统，作为真主创造的自然，有其内在价值。伊斯兰教鼓励穆斯林与野兽和自然生活在一起，由此感受真主造物的奇异。作为先知的穆罕默德，教导人们所有的生灵均有其自身的权利，因而与这些生灵的互动在道德上、精神上十分重要，人们所在的社区亦需要动物的存在，而人们必须给予这些动物必要的看顾和尊重，以维持一个健康的社区。所以，作者特别强调伊斯兰教中发扬爱与慈爱、对真主谦逊和服从、给与、服务、一致的思想，伊斯兰的律法也保障动物的法定权利，穆斯林应发挥真主及其使者穆罕默德的精神保护和看顾其他动物。

这本书有若干明显的问题。一是尽管作者仅将基督教作为七大宗教传统之一支来讨论，但其使用的神与动物、人与动物

① Richard C. Foltz, *Animals in Islamic Tradition and Muslim Cultures*, Oxford: Oneworld Publications, 2006。

的关系这样的分析框架实际上仍然带有基督教神学的色彩，基督教神学中有所谓从动物性到人性到神性的三层等级思想，帕顿早已进行了批判，而代之以宗教性来跨越这三者。[①] 二是作者过度依赖第二手文献，对第一手文献的引用不太严格，而且非常片面和随机选择地解释了论题，跨越了历史和文化背景的鸿沟，对这些问题进行有利于预设结论的解释，这无疑带来很多问题。比如佛教中的慈悲思想，实际佛教一些教义并不排斥在业力和报应思想背景下以暴力行慈悲的说法。[②] 三是限于叙述和论述的体例，分析并不突出，很多论断似是而非，更多的是未加详细论证的宣称和论断，似缺乏学术上的考辨。因而此书作为学术作品当大打折扣，应被视作是动物保护主义活动成员的读本。尽管其中对各个宗教对于动物的看法和态度均作了正面的引述和论断，但如遇到通晓本教教义的信徒，大概也不一定会同意其中关于本宗教的过度简单化和单一化解释。

---

① 见 Kimberly Patton, "'He Who Sits in the Heavens Laughs': Recovering Animal Theology in the Abrahamic Traditions", *The Harvard Theological Review* 93, no.1, 2000, pp. 401–434。

② 参见 Michael Zimmerman ed., *Buddhism and Violence*, Lumbini: Lumbini International Research Institute, 2006。

评布鲁斯·林肯《诸神与鬼怪，教士与学者：宗教史研究中的批判性探索》

林肯是一位非常重要的宗教史学者。他早年在芝加哥追随伊利亚德（Mircea Eliade）学习比较宗教学和宗教史，1976年获得博士学位，论文主要是对东非和印度—伊朗古代宗教进行比较研究。毕业后即到明尼苏达大学执教，在出版了三本著作之后，1994年被芝加哥请回去任教，现在是芝加哥大学神学院宗教史研究哈斯克尔讲座教授，同时也参与校内其他相关学术单位如中东研究中心、中世纪研究中心、人类学系和古典学系的教学和研究。他出版的《理论化神话：叙事、意识形态与学术》（*Theorizing Myth: Narrative, Ideology, and Scholarship*, Chicago: University of Chicago Press, 1999）一书获得美国宗教学会最佳著作奖，这部书也可能是他最广为人知的一部书，详细揭示了神话如何以一种选择性的叙事方式传达古代雅典的意识形态，以及近代各种思潮对这一叙事方式在政治上的运用及其思想史背景。林肯通晓多种古典和现代语言，发表了不少有关古代印度—伊朗宗教的论文，更致力于宗教史研究的理论探讨，因而其治学带有很强的语文学和人类学特色，特别注重宗教意识形态的批判、宗教与社会、权力和政治之关系的研究。

本文要介绍的这本 2012 年出版的新书更集中揭示了他最近十多年来的理论思考，而所举的例证则主要来自他所熟悉的古代印度—伊朗宗教。此书以论文集的形式出现，每个章节讨论宗教史研究理论和实践中的一个主题，但其实各个章节仍有密切联系，其中大约一半内容系首次发表。全书一共十三章，每章都不长，但主旨十分鲜明，类似于林肯对宗教史研究宣言和准则，几乎可以看作是一本林肯宗教史批判研究手册。下文将略述该书主旨，并作简单评说。

欧美宗教学界近二十年来不断出版对宗教和宗教学概念的起源与演变本身作为研究对象进行理论反思的论著，从而为研究宗教在理论上开辟了许多新途径。举其要者，包括以下一些著作：阿萨德《宗教诸谱系》（Talal Asad, *The Genealogies of Religion: Discipline and Reasons of Power in Christianity and Islam*. Baltimore: John Hopkins University Press, 1993）、基彭伯格《在现代发现宗教史》（Hans Kippenberg, *Discovering Religious History in the Modern Age*. German version, 1997; English version, Princeton University Press, 2001）、杜步松《宗教之西方建构》（Daniel Dubuisson, *The Western Construction of Religion*: *Myths, Knowledge and Ideology*, French version, 1998; English version, John Hopkins University Press, 2003）、麦卡琴《制造宗教》（Russell T. McCutcheon, *Manufacturing Religion: The Discourse of Sui Generis Religion and the Politics of Nostalgia*. Oxford: Oxford University Press, 2003）、斯特劳姆萨《一门新科学》（Guy G. Stroumsa, *A New Science*: *The Discovery of Religion in the Age of*

Reason. Cambridge: Harvard University Press, 2010）、农布里《宗教之前》（Brent Nongbri, *Before Religion*: *A History of a Modern Concept*. New Haven: Yale University Press, 2013）。如今学界已经广为接受宗教和宗教学作为独特的西方学术概念和学科有着复杂的文化、历史、社会建构历程。这些研究以基督教以及其他印度—欧罗巴宗教为主要着眼点和研究对象。林肯的新著和上述著作在思路上也有一些共同点，但与这些著作偏重学术史的理论反省较为不同的是，此书主要以宗教史研究为对象提出一套学术规则。

林肯此书第一章最初发表在1996年的《宗教学方法与理论》杂志，几乎可以说是宣言性质的短文。他首先指出宗教和历史之间存在很强的张力，因为宗教强调永恒、超越，而历史则有其时空限制，所以宗教史要研究话语、实践、社区、制度的暂时性、语境、人和物质等诸层面，尽管它们可能在宗教中作为永恒、超越、精神和神圣的东西再现出来。不过，他在这一章中提出的比较重要的观点是宗教话语的言说行为具有修辞性，亦即宗教文献具有修辞性，我们作为学者应该明确一件文献的作者和读者对象，作者的写作方式、动机、目的，反映何种意向，试图说服读者接受何种看法。第二章讲如何读宗教文献，主要以《奥义书》为例进行说明。他认为宗教文献应被视为人类的产物，也蕴含了人类的精神追求和物质利益，学者应研究文献产生、复制、传布、消费、解释背后的人类能动性。虽然林肯主要是讨论古代印欧宗教，没有提及中国佛教，但研究中国佛教的学者均接受佛教文献存在说服读者的意图，如柯嘉豪对历代《高僧传》的研究强调其对高僧形象的塑造[①]、陆扬侧重讨论《高僧传》中鸠摩罗什传记史料的取舍及其反映的佛教文化史语境[②]、我在《动物与中古政治宗教秩序》一书中分析了驯虎模式作为高僧形象塑造的佛教修辞。实际上中国道教研究亦有类似的取向，如康儒博对《神仙传》的研究主要关注传记文献对神仙人物形象的塑造及其社会、文化语境[③]。

第三章至第五章主要讨论宇宙论问题。第三章主要以北欧神话为例讲诸神的性质和起源，主要区分了所谓含蓄的诸神和清晰的诸神。前者主要指未充分发展的诸神，来源于多神信仰群体的宗教活动，其宗教话语并非是正式的、确定的，而是不断发展的、实践的。清晰的诸神则是发展充分的诸神，有着明确的结构、类型，体现了清晰的、全面的宗教话语，受到人类社会、政治制度的影响，有着一个内在的、连贯的形式。这种内在逻辑性很强的诸神观念要么是从社会自身发展出来的，要么是由后来的教士总结、抽象、综合发展出来的。第四章转而以琐罗亚斯德教为例讨论波斯鬼怪。林肯认为自启蒙运动以来鬼怪的话语价值便被当作迷信而忽视了，但其

① John Kieschnick, *The Eminent Monk: Buddhist Ideals in Medieval Chinese Hagiography*. Honolulu: University of Hawaii Press, 1997。

② Lu Yang, "Narrative and Historicy of Buddhist Biographies in Early Medieval China: The Case of Kumārajīva," *Asia Major*, the 3rd series, Vol. 17–1 (2004), pp. 1–42; 中文增订本,《解读〈鸠摩罗什传〉: 兼谈中国中古早期的佛教文化与史学》,《中国学术》第 21 辑, 2006 年, 第 30 — 90 页)

③ Robert F. Campany, *Making Transcendents: Ascetics and Social Memory in Early Medieval China*. Honolulu: University of Hawaii Press, 2009。

实值得研究，并且值得从物理学、形而上学、宇宙论、本体论等角度来研究。比如琐罗亚斯德教区分了宇宙中精神和物质的存在，以及这些存在的善、恶性质，恶的力量作为鬼怪通过侵入生灵的躯体对之进行腐化，即摧毁生灵的道德和身体。他认为这一宗教传统的所谓鬼怪可纳入四大群体，分别代表个体所面对的欲望、无知、死亡和灾难。鬼怪学的理论研究近年来在欧美地区蔚为大观，同时也与堕落天使、宗教的动物精怪研究联系在一起，值得注意。第五章谈宗教与科学的关系。他认为古代伊朗宗教基于自己的宇宙论，发展出神迹、怪异、自然三种概念，用于描述、理解、解释天体的运动。而科学则是通过实验观察、数学运算、理论推演来取代宗教对宇宙的理解和解释。

第六、七、八章侧重历史学方法的探讨。第六章题为历史与神话之间，他将神话视为一种话语，这种话语持续地拒绝其原创性并掩盖其创作者以及再创者的身份，同时隐藏其定位以及相关的利益。换言之，神话的原作者总是匿名出现，主角被理想化，其行为被合法化，而这些相关的理想化、合法化因素在传播过程中被强化成所谓历史事实。在林肯看来，历史的研究首要是尽可能准确地重建部分过去；其次要认识到证据中的落差使得重建过去变得困难，这种重建也只是暂时的，有时甚至是不可能的；最后是要挑战试图发明一些东西来填补这些证据与过去之间所存在的落差的那些人。第七章讨论诗性、王权、女性话语。主要以赫西俄德的作品为例，指出其中对诗人、国王、潘朵拉三者之间在语言、声音、身体上所使用的话语之差异，在这一话语比较中女性以负面形象出现。第八章讨论古代与后古代（post-ancient）宗教。作者认为古代宗教无所不在，在社会中占据中心位置，对人类社会各个方面均有决定性影响，比如对法律、战争、医疗、外交等等。

第九、十章讨论了宗教暴力与冲突，特别注重分析暴力的性质、行为、运动、系统等诸方面。林肯认为既然宗教是人类社会的产物，则并不必然反对和拒绝暴力。他举出历史上大约有五种类型的宗教暴力，即神圣征服、被击败而蒙羞、千禧暴动、肉体的极端禁欲、殉道，而前三种常常以集体暴力出现。林肯本人是特别重视讨论宗教暴力的学者，出版了两本专著，从传统宗教讲到当代宗教暴力与反恐战争[①]。第十章谈20世纪危地马拉的宗教冲突，通过分析当地文献中的创世说、当地的治病仪式、圣徒异象的出现等三方面来解释本土信仰与外来宗教之间的冲突。

第十一章又回到宇宙论，提出所谓各个宗教传统特别希腊、波斯宗教中出现的关于宇宙起源的混沌说，他既不同意埃利亚德的秩序起源说，也不同意史密斯（Jonathan Z. Smith）的失序起源说。第十二章提出了一些比较研究的看法。最后一章是对宗教学作为一个学科领域或者非学科领域的一般看法，同时回顾了宗教学在美国的发展史，比如美国宗教学会（American Academy of Religion）实际起源于原本十分保守的全国圣经教育者学会（National Association of Bible Instructors）。而现在着重

---

① 即 *Holy Terrors: Thinking about Religion after September 11*, Chicago: University Of Chicago Press, 2002; *Religion, Empire, and Torture: The Case of Achaemenian Persia, with an appendix on Abu Ghraib*, Chicago: University of Chicago Press, 2007。

研究圣经的学会是圣经文献学会（Society of Biblical Literature），过去这个学会常常和美国宗教学会合作举办年会，近年才各自举办自己的年会。

尽管林肯试图对宗教史研究的一般性理论和方法进行探讨，但此书中所使用的例子基本上来自他本人所熟悉的希腊、波斯等古代印欧宗教文献、仪式、实践。只有谈及当代的例子时提到了危地马拉，但重点仍然是谈当地的基督教。虽然如此，此书提出的很多看法也非常值得研究其他宗教的学者参考。

评班茂森《唐代的族群认同》

班茂森（Marc Abramson）是位年轻学者，目前并未在专门的学术机构工作，他因通晓多种语言而供职于美国国务院。班茂森的《唐代的族群认同》一书乃是在其博士论文基础上修改而成的作品。他的博士论文主要由余英时先生挂名指导。他曾在本科和博士求学期间分别到北京师范大学和北京大学留学，与中国中亚学界联系密切。这本书在修改过程中得到美国知名中亚学家狄宇宙（Nicola Di Cosmo）和梅维恒（Victor H. Mair）的指点，最后由梅维恒收入他主编的《与亚洲相遇》（Encounters with Asia）丛书中出版。因《唐代的族群认同》涉及中古政治、文化和民族的一些关键议题，融合了政治史和民族史，反映了当时中原与中亚的密切联系，并且有很多理论思考，此书值得中国学界重视。族群问题是中古时期的重要问题，早在二十世纪四十年代，陈寅恪先生已提出研究中古时代的种族文化论，他的理论框架实际上很大程度上受到当时欧洲特别是德国关于族群与文化理论的影响。他所说的种族文化论，其实主要指内迁边疆各族与中原汉族之间的政治与文化互动，其关注的是中古时期各个族群对中原政权的认同和对中原文化的认同危机，仍然带有很强的中原中心色彩[①]。其实，中古汉文文献中常使用“族类”一词，而陈寅恪使用“种族”，中国中古学术界现在常用“民族（nationalities）”，班茂森则使用“族群（ethnic groups）”，应该说较为中性和稳妥。这本书有个很大的问题是没有汉字词汇表，这对靠拼音和上下文判断书中各类汉文专有名词的汉字词汇的读者是个很大的挑战，如果没有相关背景知识，则很难充分理解作者的意思。

在英文学界，族群作为一个论题一直令学者们非常困扰，因为与族群相关的问题还包括语言、文化、血缘与政治等诸多论题。在全球化时代，国际移民十分普遍，族群、语言、文化、血缘的混杂使得人们不得不重新考虑许多过去的认识。美国学术界对这一问题尤其有特别的感受，因为美国本身是个国际族群大熔炉，很多学者在祖先和血缘、语言上均有十分多样的背景。通常说的美国中亚学者往往是国籍上的意义，仅论出生地，狄宇宙是意大利人，塞诺（Denis Sinor，匈语读音为西诺尔）是匈牙利人。如果细究起来，有些学者出身甚至更为复杂，可能父亲是德国裔、母亲是伊朗裔，自己出生在美国。这很容易让我们想到唐代的族群混合，如父亲是粟特人、母亲是突厥人的安禄山。安禄山的种族与信仰早先由陈寅恪、蒲立本两位先发其轫，

---

① 陈怀宇：《陈寅恪与赫尔德：以了解之同情为中心》，《清华大学学报》，2006年4期，20—32页。

后来由荣新江先生再加考察[1]。这说明中亚和中国实际上在中古时期已经出现这种族群、语言、文化、血缘的复杂流动。仅围绕这些族群、语言、文化论题出现的很多专有名词和术语即相当混乱，比如英文学界常常用 –ese 称语言和人群，Chinese 指称汉语、汉人，Cantonese 则称广东话、广东人，可实际上后者也是 Chinese。这些十九世纪出现的名词，在很大程度上带有时代的印迹，在学术研究中应加以仔细考察，重新界定，才能得到准确的认识。美国人类学界长期以来亦十分重视中国边疆族群的研究，如郝瑞（Stevan Harrell）对彝族的研究、戈登斯坦（Melvyn C. Goldenstein）对藏族的研究。近年来学者开始关注汉族的族群问题。斯坦福大学历史系学者在 2008 年 4 月组织了第一次汉研究学术研讨会（Han Critical Studies Conference）。历史学界的研究也多关注近现代。中古的材料其实也不少，当前的研究也存在许多理论上的问题，不同的理论预设可能对汉文材料性质的判定和对史料的解释产生不同的看法。唐代的复杂族群背景可以为我们考察中国族群问题的历史性提供十分鲜活的标本，班茂森选择唐代的族群问题确实反映了其敏锐的学术视角。

班茂森认为至少有以下一些因素让他审视唐代族群问题。首先，虽然唐代是个开放的帝国，但如果出现政治危机或者叛乱，则朝廷会以族群分别驱逐入华的胡人，这造成这些入华域外人

① 参见 Edwin G. Pulleyblank, *The Background of the Rebellion of An Lu-shan*, London, 1955; 荣新江：《安禄山的种族与信仰》，收入氏著《中古中国与外来文明》，北京：三联书店，2001 年，222—237 页，他推测安禄山之母也可能是粟特巫。

士出现族群认同危机。其次，汉文材料与胡语材料反映了非常不同的族群与文化认同，汉文材料在书写非汉人组群上有很长的历史传统，带有很强的中心主义色彩。再次，即使是汉文材料或者胡语材料本身，它们对族群认同的主张也是十分多样的，而非单一声音。班茂森认为前人的研究多主张唐代作为多民族的开放社会仍然以同化其他族群为主导，这多少反映了汉族的视角。实际上从其他族群的具体实践来看，很多族群的军事首领、商人、宗教人士可能为了功名利禄或者活动方便暂时接受中原文化的某些方面，但实际在宗教、婚姻和家族传统等方面仍保留其很强的族群认同。反过来，在试图同化其他族群的同时，中原的精英阶层也接受了其他族群在某些领域的文化技能，如战争技术、狩猎、音乐、舞蹈、工艺等等，这些技能在某些方面满足了唐帝国的需要。他关注的不仅是胡人的族群和文化认同与区别[①]，也关注汉人的族群与文化认同与区别，这些认同（identity）和区别（difference），在他看来，都是通过各种话语构建起来的，换言之，其具体实践与语言叙述之间存在一定差距，需要仔细分析。

他在此书中通过分析正史、文人文集、僧人行记、传奇小说等各类文献中出现的各种有关族群的声音，试图以人类学的视角从四个方面的话语来探讨这些问题，如家族谱系、文化、身体、政治，家族谱系主要包括血缘和郡望，文化则包括物质

① 他承认自己的研究受到薛爱华（Edward Schafer）所著《撒马尔罕的金桃》（*The Golden Peaches of Samarqand*，见吴玉贵汉译本《唐代的外来文明》）的影响。

文化、仪式、宗教、风俗、职业、教育、工艺以及社会组织，身体则主要是指胡汉之间对对方的面貌和身体描述以及语言建构，而政治涉及权力、合法性以及忠诚问题。他认为，以这四大主题而言，南北朝至隋唐之际，家族谱系以及政治主题占据族群认同与区别问题中的主导地位。而从唐初至玄宗时期安史之乱以前，文化与身体主题在族群认同问题中占据主导。从安史之乱到宪宗朝，政治成为族群问题中最重要的主题，文化也十分重要，家族谱系的重要性在下降，而身体成为不重要的主题。宪宗朝以后至五代，政治继续占据主导，家族谱系的地位上升，超过了文化在族群问题上的重要性。作者认为这些动向的背后反映了唐代的社会与政治上的三个主要趋势。首先是非汉族群体部分接受中原汉族文化的同化乃至于他们想获得一定的社会地位和政治权力，以适应其在军事上和经济上的重要地位，而其军事与经济上的地位恰恰帮助其保持一定的族群认同。其次，随着唐中期以后中央权威的削弱和地方势力的崛起，族群以及相关的社会、文化问题相对于军事力量和政治忠诚度的相关重要性已经大不如以前。最后，随着唐代到五代、宋代从贵族社会到士大夫社会的演变，家族血缘和郡望相比于文学、吏治、军事技能渐渐失去其重要性。作者最后在全书的结论部分讨论了社会心态问题，特别是唐代“华心”和“夷心”的概念，这是和中国文化中传统的“非我族类，其心必异”观念联系在一起的。

第一章题为“中国语境下的族群性”，主要在世界史背景下探讨如何在中国语境下使用“族群性”（ethnicity）的概念来分析历史上的族群[①]。作者认为虽然这个名词主要由理论界提出用来分析现代政权下的族群以探讨现代性、帝国主义、资本主义、种族主义以及民主问题，但仍可用来分析前现代（pre-modern）现象。他的认识在很大程度上受到西文史学界关于清史研究的影响，欧立德（Mark C. Eilliot）、柯娇燕（Pamela Kyle Crossley）等学者用这一概念来分析清代满汉群体的社会、政治、文化行为[②]。他首先指出汉文文献中各类有关族群名词的复杂性，在此书中他不像其他学者那样以 Chinese 翻译“华”，而以“Han（汉）”译唐代文献中出现的“华”，力图更准确反映其意义，不以 Chinese 称汉文，而以 Sinitic 称汉文。他特别强调中国历史上文化和族群的变化或者说涵化（acculturation）和同化（assimilation）并不同步，而与族群相关的所谓政治、社会、文化的“中心”与“边缘”概念也在不断变化，因此用“中国化”（sinicization）与“汉化”（hanicization）来指代对中国文化的涵化与族群的同化。

第二章讨论汉文材料中表现的非汉人的模糊面貌，集中讨论模式化（stereotyping）与分别（differences）。班茂森依据社会学理论将模式划分为有意的模式化和随意的模式化两类，认为

① 2008 年施加夫的文章也探讨了 ethnicity 的问题，见 Jonathan Skaff, “Loyalties Divided: The Question of Ethnicity in the Tang–Türgish Conflict of 708–709”, *Early Medieval China* vols. 13–14, part 2（2008）, pp. 171–190.

② Mark C. Elliot, *The Manchu Way*: *The Eight Banners and Ethnic Identity in Late Imperial China*, Stanford: Stanford University Press, 2001; Pamela Kyle Crossley, “Thinking about Ethnicity in Early Modern China”, *Late Imperial China* 11: 1（1990）, pp. 1–34.

唐代对非汉人的模式化主要是后者，其表现出现在边塞文学或者胡姬文学之中，这种随意的模式化是从传统或历史的习惯出发来描述对方，并非刻意区分自我与他者的地位，比如李白有关胡姬的诗歌。有意的模式化则有很强的区分自我和他者的意识，而且表现出个人对不同族群的鲜明立场。他指出比较突出的一种随意模式化是非汉人的域外性（eroticism），如描述边疆族群特别是胡姬的歌舞技能；其次是非汉人的文盲（illiteracy）特征，这一模式化特别适用于粟特人和突厥人等中亚族群，和这一模式化相关的是非汉人在身体方面的勇猛和善战，这种将胡人刻画为“头脑简单、四肢发达”的形象实际上是将汉人与非汉人在文、武上进行划分，而汉人士人垄断了官僚机构，非汉人只能作为藩将服务唐帝国。除了尚武，善于经商也是汉人对非汉人的模式化特征之一，这反映了汉人儒家传统中的重农轻商文化传统。随之而来的还有朝廷中士人精英阶级基于儒家政治伦理的对非汉人的模式化，包括非汉人在伦理上的不忠诚与不可信任，以及将非汉人视为野蛮的禽兽。班茂森指出这和汉人对非汉人的经济与社会生活与各种动物的密切联系的认知有关。因为在汉人看来，非汉人在经济和社会生活中与动物如马、骆驼、羊、鹰、狗等联系密切熟悉这些动物的习性[①]。有意的模式化主要表现在将非汉人描述为野蛮、无知、嫉妒、粗暴的族群，以表现汉文化与伦理道德对非汉人文化与伦理道德的优越性，

① 同样列入“与亚洲相遇”丛书的一种著作专门讨论了中亚的狩猎史，见Thomas T. Allsen, *The Royal Hunt in Eurasian History*, Philadelphia: University of Pennsylvania Press, 2006.

这尤其在受儒家正统观念影响下的正史以及制度史著作《通典》与《唐会要》中对非汉人的描述表现更为明显。可以说，班茂森的这一讨论很大程度上挑战了中国学界一些学者所持有唐代作为族群熔炉的看法，看来唐代的族群分别在当时士人眼中仍然十分明显。

第三章以唐代精英阶层对佛教起源及其代表的外族文化的批判以及唐代佛教僧人的反应为例来讨论族群论题中的文化认同问题。这一章集中讨论了傅奕与韩愈作为道教和儒家两个阵营的代表对佛教的认知来看当时在士人阶层中佛教如何被看作是外族文化的思想趋势，但鉴于学界讨论这些问题的著作已经很多，尽管班茂森试图提出一些新看法，实际并没有太多建树。但班茂森也有一些新看法值得注意，比如他注意到傅奕在高祖时期主要将中国南北朝时期外族的入侵、内迁与朝代的更替与北朝胡人信仰佛教联系在一起，从儒家思想的角度认为入华非汉人接受了佛教无仁无义的道德导致汉人政权的崩溃，而后来太宗上台，傅奕为避免触及太宗弑兄违背儒家道德的历史，则主要以老庄的角度来谈佛教的外来性。韩愈对佛教的攻击则对族群的区分有更复杂的论述，牵涉到佛教中域外起源的仪式、语言、道德、服饰等多方面的族群认同因素。班茂森还讨论了唐代文献中的胡僧与番僧的形象，这些外来僧人被看成是拥有神通并且会带来危险。最后，作者还注意到唐代僧人从佛教角度如何认识族群认同，这些僧人不再以中国称唐朝，而称之为东夏、东土、东方，而称作为佛教起源地的印度为中国、中土。

第四章以“高鼻深目”为题来讨论非汉人身体在唐代的形象，

作者的重点是讨论不同族群的相貌和服饰。这可能是全书中较为有意思的一章，虽然前人的研究有所触及，但不够系统。当然，班茂森的分析也有值得推敲和补充之处，不过这一主题值得重视。他首先指出唐代对相术极为重视而且广泛流行，人们相信个人的形象、举止、说话方式等等与此人的未来寿命与职业成就密切相关，相术文本被广泛阅读和解释，僧道人士以及普通人均热衷此道，身、言在入仕过程中起很重要的作用。行为举止得体和合乎礼仪被士人精英看作是非常重要的文明标志。因此，非汉人在很大程度上被汉人文献塑造成缺乏礼仪的形象。而西域人的深目、高鼻、浓须、卷发形象往往与汉族士人对他们缺乏礼仪行为和文化教养的刻板印象联系在一起，因为这些身体特征在汉人士人的心目中与动物类似，适合做以杀戮为业的武官，却和需要熟悉礼仪的内政官僚系统无缘。因此，作者还讨论了文献和图像数据特别是唐代帝王陵墓前的文武官员雕像中唐人对文武官员不同形象的塑造，很可惜这一部分的研究没有在书中印上图像数据给读者做参考，这使得读者不能得到直观的印象。作者还指出唐人以自我为中心的地理观念因其风土人情不同也对四周非汉人戎、狄、蛮、夷各类族群的想象塑造有影响。

最后两章则更多以社会学、人类学理论来分析唐代的族群论题。第五章涉及族群性的地缘政治分析，这主要包括如何理解内外问题，如何理解族群的中心与边缘地位，以及非汉人在唐帝国的移民、定居以及归化问题。在分析上，作者专注于一些关键词的文化意义，如内、外、朝、野，来看当时人的族群意识。

作者首先指出唐代士人有很强的“内外”或“中外”二分心态，对各类社会阶层均根据其家庭结构、政治权力、族群关系进行这种划分。他认为唐代的政治和军事中心固然是首都长安，但在文化上、地理、社会心理上，洛阳作为中原、中土的中心在族群认同的话语论述中占据更重要的地位。他接着分析了唐人对朝野的看法，认为唐人在文化上以农业和村市视为真实的人类存在，而将以游牧为业的北方草原视为空野，因此在族群问题上，常常将以汉人为主的地理区域视为中国的一部分，这种心态也导致了隋唐之际对高丽和西域的征服战争，因为朝廷官员认为这些区域在周、汉时期乃是汉人聚居地。而羁縻州则非常不受重视，其政治界定十分模糊，盖因这些地区以非汉人组织而成。作者指出因为唐代官员重视京官，故而只有军事将领和被贬谪的官员才有一些周边族群的知识，其他人缺乏这方面的了解。作者还分析了唐代的人口和移民政策，包括编户制度对人口的控制，对非汉人的安置，对汉人移出的“没蕃”界定，以及赋税制度对归化胡人的律法约束，使用周边族群在中原的奴婢的律法和道德约束等等。总而言之，作者认为唐朝前期的族群同化与分化政策十分模糊，这在一定程度上促进了唐代族群的多元包容，但也为安禄山叛乱留下了伏笔。

第六章题为族群变化的多样性。这一章主要谈唐代非汉人在姓名、婚姻、风俗、语言、宗教等方面的变化。班茂森归纳了数种非汉人采用汉名的方式，指出当时汉人一般认为来自各个游牧部落的非汉人没有姓氏，而朝廷对不同族群之间的通婚控制很严，但非汉人娶汉人女子为妻较为多见，反映非汉人入华群体的性别不均衡。同时他也指出唐代士人对学习胡人语言没有太大兴趣，相反非汉人如果想要高升进入朝廷为官，则不能不掌握较高汉文水平。他也讨论了宗教，有些宗教是族群分别的标志，特别是犹太教、伊斯兰教、祆教。儒释道三教则在同化非汉人中起了重要作用。在社会组织和流动方面，作者认为虽然唐代社会流动性很大，但职业选择和成就反映了胡汉之别，胡人较多在商业和军事上取得较大成功，在政治和文化上不能与汉人平起平坐。他将唐代胡人的同化归结为三种：士人化（gentrification）、军事化（militarization）、地方汉化（localized hanicization）。

最后应该指出的是，这本书的一大弱点是没有运用大量唐代墓志资料，其实墓志中有很多数据特别是中亚人的墓志可以用来研究族群问题，比如其用语反映了汉人对胡人形象的模式化塑造。举一例为证，如《大唐故康（婆，字季大）君墓志铭》称其人“世袭衣缨，生资丰渥，家僮百数，藏镪巨万，招延宾［客］，门多轩盖”。[①] 这种胡商“生资丰渥”的形象在唐代小说中亦不鲜见。而志文中还有“气盖不群，身长九尺”之句，这种对胡人身高的描述显然也反映了当时人非常典型的强调胡人身体高大的族群话语。

① 周绍良、赵超编：《唐代墓志汇编》，上册，上海：上海古籍出版社，1992 年，96 页。

评《善男了了：〈郁伽问经〉所见菩萨道》

本书作者那体慧教授，哈佛大学内陆亚细亚与阿尔泰学系博士毕业，曾在麦卡莱斯特学院、斯坦福、夏威夷等大学任教，现任教于印第安纳大学布鲁明顿校区，精通梵、汉、藏等多种语言，是欧美中青年佛教学者中成绩较为突出的一位。2003 年那体慧教授刊出的《诸善男子》是近来以汉文材料为主参以梵文藏文材料互相发明，以《郁伽问经》(见于汉译有三种译本：《法镜经》、《郁伽迦罗越问菩萨行经》以及《郁伽长者会》。本书标题中的经名《郁伽问经》是作者根据梵藏文献研究总结出的英文翻译，不见于汉译，本书评今后提到此经使用最早的汉译经名《法镜经》) 为文本基础对早期大乘菩萨思想进行探讨的最新力作。

我们可以先看看这本书出现的学术史背景。长期以来，在大乘菩萨思想研究领域，以平川彰、高崎直道等名家为代表的日本学者居于主导地位，现在那体慧教授的大作出版，可以预见将改变这种现状。早期大乘问题吸引了许多学者，除了上述日本老一辈学者以外，近十多年来，美国资深学者肖本（Gregory

Schopen）表现甚为活跃。[1] 日本新一辈学者也很活跃，近来袴谷宪昭出版《佛教教团史论》（东京大藏出版社，2002 年，主要批驳 Gregory Schopen）。[2] 另一位就读于龙谷大学的青年学者香川真二最近几年也十分活跃，发表一系列短文，研究以《法镜经》系统为中心的早期大乘教团。[3] 美国学者斯尔克（Jonathan Silk）近年也撰文重新审视这一问题。[4] 那体慧教授这本新书把当代较为流行的关于早期大乘佛教的一些观点都逐一作了反驳，提出了许多十分有价值的看法，料将引起学界的新争议。

---

① 参见他的论文集 *Bones, Stones, and Buddhist Monks: Collected Papers on the Archaeology, Epigraphy, and Texts of Monastic Buddhism in India*, 夏威夷大学出版社, 1993 年；他的第二本论文集 *Buddhist Monks and Business Matters: Still More Papers on Monastic Buddhism in India* 刚刚在 2004 年一月由夏威夷大学出版社刊出。

② 2001 年他在大谷大学佛教学会刊行的《仏教学セミナー》上发表书评，评论 Schopen 在日本演讲，该演讲即小谷信千代译《大乗仏教興隆時代・インドの僧院生活》。

③ 香川真二,《『郁伽長者所問経』における五戒》,《印度学仏教学研究》96（48–2）,（2000 年）, 318–320 页；《梵行を修する在家信者》,《龙谷大学大学院文学研究科纪要》23 文学研究科,（2001 年）, 1–16 页；《『郁伽長者所問経』に说かれる在家の意義》,《印度学仏教学研究》100（50–2）东京大学における第五十二回学术大会纪要（二）,（2002 年）, 159–161 页；《出家者に対する在家菩薩の役割 --『郁伽長者所問経』を中心として》,《印度学仏教学研究》102（51–2）东国大学校における第五十三回学术大会纪要（二),（2003 年）, 176–178;《在家信者の不婬》,《宗教研究》335,（2003 年）, 199–200 页。

④ 参见 "What, If Anything, is Mahāyāna Buddhism？ Problems of Definitions and Classifications", *Numen* 49, 2002, 355–405 页。那体慧没有提到这篇文章，可能该文发表时那体慧教授的书稿已经送夏威夷大学出版社。

本书主体包括两部分，第一部分是文本的宗教学分析，包括八章；第二部分是文本的英译。最后是附录和书目以及引得。附录部分列出了《法镜经》现存的各种藏文和汉文译本，以及汉文译本在佛教文献中的征引。

第一章导论介绍研究这一文本的缘起及其对于理解大乘佛教的重要性。据那体慧教授讲，西方学术界长期以来忽视了《法镜经》，只在 1976 年由舒斯特（Nancy J. Schuster）在多伦多大学完成一本有关此经的博士论文。那体慧考察了西方学界在这一经典上失语的原因。在她看来，西方学界关注的大乘佛经比如《法华经》、《般若经》、《楞伽经》等，主要是取决于三个原因，一是这些佛经在印度、中国和日本发现了梵文本，引起西方学者的浓厚兴趣；很显然，那体慧在此把现代西方佛教学术的起源归结为早期印欧语言学者对于古代梵文写本的重视，而这种文本的研究影响了后来佛教学的发展；二是这些佛经在日本颇为流行，因为十九世纪末二十世纪初现代佛教学的兴起主要是西方学界和日本学者合作的结果，比如作者特别提到缪勒与南条文雄的合作，这种合作关系使得西方学者也更为关注日本流行的大乘佛经；其三，西方学者关注的大乘佛经主要和西方学者的价值趋向兴趣有关，比如有关众生平等，居士为中心的佛教，宗教实践的个人性，简易性，以及反智识主义思想的佛经最受关注。那体慧教授指出单纯靠这些大乘经典来考察大乘佛教是不合适的。以《法华经》为例，此经一些特点比如一乘说被学界放大为大乘佛教的一般特点，实际上和大乘佛教的一些精神相违背，这是不能接受的。由上可知，《法镜经》之所以不被学界重视，首先是因为没有梵文本流传；其次是它对于日本佛教而言并不重要，它之所以还被日本学者所知在于它在流行于中国和日本天台宗信徒中的《十住毗婆沙论》中被引用过；第三，西方读者很难在这部经里发现自己感兴趣的价值观念。作者认为《法镜经》作为最早的有关大乘菩萨思想的作品，非常值得研究。

第二章非常细致地讨论了《法镜经》的版本流传和形式。作者指出《法镜经》内容主要涉及菩萨思想，所以应该算是“菩萨佛典”，而不算是通常人们所说的“大乘佛典”。通过梳理早期佛经成立的历史，作者认为从本经形式来看，本经不是原始形式，而是口头流传之后形成的“经化（sūtrafication）”文献。作者提出一个十分有意义的观点，早期佛经大多是口耳相传，每件印度佛经有不同版本可能由一种最早的文献经口耳相传在不同文献传统中形成不同形式，就像从一个祖先发展出的族谱树，所以像《法镜经》之所以有多种不同的汉文译本，因为它们虽属同一文本，但来自不同的早期梵文或梵文俗语佛典传统。《法镜经》是《郁伽问经》最早的汉文译本，由安息居士安玄和汉人沙门严佛调译于公元180—190年之间。其他两种现存的译本据汉文佛典目录，分别是敦煌月支沙门竺法护汉译的《郁伽迦罗越问菩萨行经》和康居沙门康僧铠汉译的《郁伽长者会》。日本学者平川彰指出康僧铠的译本应该是失传的昙摩密多译本，不是康氏原译。《郁伽长者会》因在《大藏经》宝积部而一般被称作宝积本。藏文译本有 'Phags-pa Drag-shul-can-gyis zhus-pa zhes-bya-ba'i theg-pa chen-po'i mdo，系八世纪末九世纪初 Surendrabodhi 和 Zhang Ye-shes-sde 的译本。本经在《十住毗婆沙论》中有许多引用。在尼泊尔发现的十四至十六世纪的梵文写本《大乘集菩萨学论》(Śiksāsamuccaya)中也有引用。梵文本由 Cecil Bendall 在一个世纪前已经刊行。此书由寂天(Śāntideva，生于南印度，约七至八世纪人，曾求学于那烂陀寺，大乘龙树空宗思想家)作于八世纪，八世纪末九世纪初被译成藏文。此书有北宋沙门日称和法护汉译，见《大正藏》1636 号。按，《大正藏》云作者系法称（Dharmakīrti)，显误。通过细致考察，作者发现几种版本中，越早的版本越短，越晚的版本越长，字数越多，据此，作者认为该经的版本有个长期的随着时间不断被扩充的演进过程。安玄和严佛调的译本最短，最古老。从内容来看，该经显然是公元三世纪之前被译成汉文的最古老的讲菩萨道的经典，原文可能不是后来的标准梵文本，而是梵文俗语本。第三章作者讨论了该经作为历史文献探讨早期大乘佛教的方法论问题。作者注意到该经的各部分不属于同一时期，有个层累的历史过程。作者发现后来的衍文很少是后来作者的发挥，更多是引用和扩展原文，是口头传译记忆的产物。这证明口头和文本传统之间的界限在佛教中难分彼此。作者还讨论了有些学者认为某些译者比如鸠摩罗什的汉文译本存在的缩略问题，她认为可能不是缩略问题，而是早期译经基于一些没有经过后人拓展的古老版本。她认为利用新发现的挪威史科延（Schøyen)藏品中的梵文写本可以用以比较汉文译本，看是否汉文译本基于较早的梵文文本。作者还发现该经尽管在一些局部上存在不断的扩展问题，但它的主要结构仍然很稳定。接着作者提出了若干种从早期佛典来探讨早期佛教历史的方法问题。她不同意肖本（Gregory Schopen）提出的有着自觉意识的早期大乘佛教社会没有出现在早于四世纪的印度古代铭文的观点。作者指出，尽管铭文中没有证据，但是至少十一件宣传菩萨行的佛典在二世纪末已经被译成汉文，所以通过研究这些文献可能找出早期大乘佛教的蛛丝马迹。而作者所指出的方法则包括内证、外证和旁证等多种。

第四章讨论制度安排。在早期大乘佛教的问题上，早期僧团的性质始终在学界没有共识。平川彰认为早期菩萨众源于围绕佛塔信仰崇拜而建立。静谷正雄、何离巽（Paul Harrison）以及佐佐木闲则认为早期菩萨众源自僧团内部。作者通过考察《郁伽问经》系列，细致地发现该经着重于三类修行者：男性在家菩萨，男性出家菩萨，男性出家修非菩萨行僧人。该经鼓励男性在家菩萨尽快出家。该经表明菩萨和非菩萨僧人显然可以居住在同一寺院。该经还指出当时的佛典包括四部分，除了经律论还包括菩萨藏。只有法藏部拥有这样的佛典，所以作者推测《法镜经》可能属于法藏部。作者反驳了平川彰非常有影响的所谓菩萨与声闻两众无法共存于同一社区的观点。作者通过考察该经发现，虽然两众僧人之间存在矛盾和张力，但声闻众显然接受菩萨众僧人和他们共居一处。大乘的意义在该经中表现为通过修菩萨道成佛的思想。平川彰认为大乘菩萨众一开始是独立于寺院之外发展起来的，后来才出现寺院化。但是作者发现这种看法在《法镜经》中完全没有反映，所以可以推测菩萨众仍然起源于寺院内部。作者也反驳了美国学者雷伊（Reginald Ray）提出的大乘源于丛林隐修者的观点。作者正确地指出平川彰和雷伊认为菩萨众不可能是出家僧侣的错误假设。作者进一步反驳所谓大乘佛教给了女性更好的机会从而认为在大乘中性别更平等的传统观点，指出早期的大乘佛教根本没有注重女性，佛和菩萨等称号在梵文和梵文俗语中根本没有阴性形式。作者的结论认为后世《法华经》中所谓一乘说在早期大乘中根本没有反映。

第五章细致地讨论了《法镜经》中所见三种大乘菩萨众修菩萨行的具体做法。在俗菩萨的修行主要包括三皈依、十一戒、六婆罗蜜（但是捐施被强调为一种独立的修行）、积德、厌离、三品经事，最后是鼓励在俗菩萨出家为僧。出家菩萨的修行包括极端艰苦的森林隐修，极端的厌离，保持极端地谦恭。只有这样菩萨才能超出一般僧众从而到达成佛的目标。第六章讨论了菩萨道的结构。作者认为《法镜经》教导僧众不同的乘指向不同的修行目标，声闻乘是为了成为罗汉，菩萨乘则是成佛，但是菩萨可能偶然觉悟而成为罗汉，丧失成佛的机会。作者还发现《法镜经》认为此世成佛是不可能的。作者发现该经宣传的大乘菩萨道也不像传统认为的觉他成为菩萨追求的功德，而是鼓励菩萨们独自隐修。发菩萨愿只在修菩萨行的初期进行。《法镜经》没有反映后来所谓菩萨修行的所谓四阶、六阶、十阶乃至五十二阶的阶位系统。据作者考察，尽管方便一向被认为是大乘中佛和菩萨用来帮助他者的技术，但《法镜经》中却是菩萨用来避免修行受干扰的技术。最后作者讨论了菩萨和佛的关系。

第七章考察《法镜经》中缺失的一些关键问题点。比如小乘，作者认为该经没有使用小乘一词可能是为了避免冒犯和菩萨众居于同一寺院的声闻众。其次是所谓菩萨普遍主义，在早期大乘发展中，非普遍主义的思想可能是被广泛接受的，而《法镜经》反映了早期大乘的这种保守倾向。第三，《法镜经》没有把佛看成是非人性的存在，因而成佛是菩萨修行可以达到的目标。最关键的是，《法镜经》缺失一种对空的哲学的讨论，早期大乘般若系统佛典讨论了许多空的思想，但没有反映在《法镜经》中。而且，日本学者热衷讨论的佛塔崇拜在《法镜经》中也没有反映。肖本指出的文本崇拜也没有。最后，多佛多菩萨崇拜在《法镜经》中也没有证据证明。

第八章作者得出结论认为《法镜经》反映的早期大乘既不是宗，也不是派，更不是运动。早期大乘显然不是一种新型教派。早期大乘不过是一种在已经存在的佛教社区修菩萨行的方式。

早期佛典汉译问题已经在最近十多年吸引了许多学者，比如许理和、那体慧、辛岛静志、布歇尔（Daniel Boucher）等等。其中多数人是通过汉译佛典来看早期中国佛教，像那体慧这样通过早期汉译佛典看印度佛教的不多。这种研究必将改变我们对于早期印度佛教和中国佛教的许多看法。一些中国学者也逐渐在近年开始在这一领域展示自己的成果，比如朱庆之、王邦维、林梅村。王邦维重新考察了安世高的背景，认为他的学说属大乘，并引《法镜经》作为大乘经典，从而更加确定早期来华外国僧侣很多是大乘僧人。[①] 林梅村通过考察西域出土文献提出较

---

① 参见“Mahāyāna or Hinayāna: A Reconsideration on the yāna Affiliation of An Shigao and His School”（*Bauddhavidyāsudhākarah: Studies in Honour of Heinz Bechert on the Occasion of His 65th Birthday*, edited by Petra Kieffer-Pülz and Jens-Uwe Hartmann, Swisttal-Odendorf, 1997，689-697.）；并见于叶奕良编《伊朗学在中国学术讨论会论文集》（第二集），北京大学出版社，1998 年，106—114 页。

早传入中国的佛教部派是法藏部。[①] 而那体慧教授亦指《法镜经》及相关菩萨藏经可能出自法藏部。看来法藏部经典在中国的问题值得进一步探讨。另外，我们也应看到，早期汉译僧侣很多可能有伊朗种族文化背景，他们和早期佛教传入中国的关系，也值得研究。新问题也将得到新材料的支持。挪威的史科延藏品现在已经吸引了包括慕尼黑大学印度学系哈特曼（Jens-Uwe Hartmann）、弗莱堡大学印度学系封兴伯（Oskar von Hinüber）、京都佛教大学松田和信、创价大学辛岛静志在内的知名学者组成一支国际梯队，逐渐刊布这批出土于中亚属于二至九世纪的早期佛教文献，可能会引起学界更大的学术兴趣。

① 参见《西域文明——考古，民族，语言，宗教新论》，东方出版社，1995年，410—415页。

评陈明《殊方异药——出土文书与西域医学》

医学史不是学界热点，随着新文化史发展起来的医疗史则是当前学界热点；科技史不是当前学界新潮流，但利用敦煌吐鲁番文书研究西域医学的东渐则是学术新潮流。北京大学东方学系陈明博士近年刊布一系列研究则是预流之较佳代表。陈明先后在北大东方学系和历史系完成博士和博士后训练，出入于语文学和历史学之间，具备了研究古代西域医学文化的最佳条件。他的著作，注重文献考索功夫和历史学的分析，给读者提供了西域历史文化中有关印度医学入华的丰富信息。他早期的著作因出身中印文化交流研究学术背景之故，注重印度医学在西域和中国的遗存，目前的研究渐渐转向伊朗和中东地区医学的东传。本文所要评介的《殊方异药——出土文书与西域医学》（以下简称《殊方异药》）系陈明继其博士论文《印度梵文医典〈医理精华〉研究》（北京：中华书局，2002 年）之后贡献给学界的又一部力作。这本书与前一部著作相比，内容不再局限在单篇胡语文献的考订与研究，而是展示了作者对于西域医学的广博知识。本文以下将首先介绍全书的主要框架和内容，然后指出其在学术史上的地位和主要贡献，最后指出本书的若干不足之处。

《殊方异药》一书是作者一个研究项目的结果，不是系统研究意义上的一次性成书的学术专著，全书并不完全以一个中心论点展开，也没有一个可以统领全书的理论框架和方法论作为支撑，而是由一系列富有学术旨趣的单篇论文组成，每篇论文均可以独立成篇，也已经发表于一些学术期刊，所以该书实际可以看作是一系列论文的最终结集，这是中文学界较为常见的做法。但收入该书的单篇论文之间又存在或多或少的联系，从而使全书内容看起来比较集中紧凑。除附录和索引之外，全书一共十三章，据其内容大约可分为三部分，第一至第三章是总说部分，其中第一章类似于史料概说，介绍了西域出土胡语医学文献的发现及其研究史，这些文献包括梵语、于阗语、粟特语、龟兹语、犍陀罗语、回鹘语、叙利亚语、藏语等语文写成的文献，发现于敦煌与新疆各地。第二章讨论了西域各种胡语医学文书中所反映的印度传统生命吠陀医学知识来源，特别研究了梵文《鲍威尔写本》、于阗文、梵文双语文书《耆婆书》、龟兹语《百医方》、粟特语药方、回鹘语《杂病医疗百方》等文献，认为其中均含有生命吠陀医学因素，并指出这种生命吠陀因素的传播仰赖西域地区宗教和商业的交流背景。第三章分析了西域胡语医学文书中反映的宗教背景，特别是婆罗门教和佛教的思想，作者特别指出牛五净的使用从印度进入中国发生的变化，反映两种文化的观念差异。从第四章开始到第九章，作者作了一些西域医学的个案分析，如第四章利用出土胡汉语文书如《医理精华》、《耆婆书》、《鲍威尔写本》以及一些吐鲁番文书结合传世文献相互参证研究眼科知识与运用，第五章考察敦煌藏经洞出土《护诸童子》残画以及一些西域胡语文书中的童子方，

第六章研究以长生不死药为中心的西域出土文书中的长年方，第七章研究足身力方与房中方，第八章与第九章研究一些散方。第十章利用两件新刊布的俄罗斯藏西域医药文书，讨论敦煌吐鲁番地区生命吠陀理论的传播。第十一章研究汉文医学文书中的外来因素。第十二章转向医学文献中反映的民俗。从使用的文献来看，本书前半部分第一章至第七章主要研究胡语文献，第八章至第十一章主要处理汉语文献。第十三章是结论和展望，特别指出了佛教及其他宗教在传播医学知识过程中的积极作用，同时指出中古时期中西医学交流更多是印度医学的东渐。该书最后还附录了《鲍威尔写本》和《耆婆书》的汉译。

这部书的主要贡献在于引用大量新出土原始文献和西方最新研究成果，从而给中文读者第一次提供了大量有关西域医学的知识及其文化特别是宗教历史背景。敦煌吐鲁番以及西域出土的文献十分丰富庞杂，一个多世纪以来，东西方学者在研究这些出土文献上创获很多，使曾一度被称为绝学的西域研究成为当代显学，出版的著述日益增多，一些新期刊也逐渐创立专门给这一学科的论文发表提供园地。然而，长期以来，中国西域学者的主要领域局限在汉文文献，对于西域胡语文献的处理除了在藏文、梵文、回鹘文文献方面尚可和西方学者有所探讨，其他胡语文献特别是古代伊朗语如于阗语、粟特语文献方面几乎完全处于失语状态，这是令人十分惋惜的。对于医学文献而言，同样存在这样的问题，中国学者专注于敦煌出土汉文医学文献，而对胡语文献十分束手无策。以学科而言，则中国学者在西域宗教研究方面劣势明显。《殊方异药》一书的出版使我们有机会了解西方学者有关西域医学出土文献的最新进展及其存在的问题。具体来说,《殊方异药》的主要学术贡献体现在这样一些方面。首先,《殊方异药》一书非常注意吸收西方学者在解读多种语言医学文献方面的研究成果，可以说在搜罗第二手文献方面下了极大的功夫，基本上把英、法、德等国学者对西域胡语医药文献研究的著作搜罗一遍，这使得作者的研究能够站在学术的最前沿。其次，作者在数据收集和利用方面能够充分利用胡语和汉语出土医学文献的参证和互相发明。作者不仅大量运用了业经西方学者解读的西域胡语文献，而且参考了许多西方学者不熟悉的佛典和汉文医学文献。如第三章讨论牛五净时，即以《医理精华》和汉译密教经典《苏悉地羯罗供养法》、《金刚顶瑜伽中略出念诵经》等相互补充以见其流传变化，还引述了汉地医书《千金要方》等，使得西域医学的研究更为有机和完整。再次，更值得注意的是，作者以历史学的分析把很多西方传统东方学学者仅仅注重语文学分析和解释的研究推进了一大步，从而把西域医学文书的研究放在一个更为宽广的中西文化交流史背景下考察。作者没有局限在医学文书所反映的医学问题，而是扩展到讨论医方所反映的宗教观念在中原和西域地区的交流和民俗的变化。最后，作者十分敏锐地追踪新史料的发现，研究了上海古籍出版社新刊布的俄罗斯所藏西域文献中的医学文书,其研究成果主要集中在第九章对《耆婆五藏论》、《诸医方髓》、《本草经集注》等残卷的研究，十分精彩。

该书也存在一些问题，或许可以在修订时改进。略举数例如下。大的方面如各章编排有些矛盾。本书的第二章处理胡语医学文书中的知识来源，其实结论主要是各种不同胡语写成的医学文书均有印度起源的生命吠陀理论的反映，而第九章完全讨论敦煌吐鲁番汉文文书中的印度生命吠陀理论，而且篇幅较小，似乎可以把第九章编入第二章之后，作为生命吠陀理论东渐的一组讨论。作者可能考虑到这一章主要处理俄罗斯所藏汉文文书的医方，所以没有放在本书前一部分主要处理胡语文书的部分。但是第十二章又是关于胡语文书，讨论医学文献中的民俗，和前面若干章汉文文献的内容关系不大。不如索性把胡语文献和汉文文献分成前后两组。其次，作者讨论一些医药文书时没有提示它们创作和流传的年代，如第十章讨论两间俄藏文书，如能讨论其年代则更为完美。作为历史学研究，书末如能提供一个本书内容所及范围内的中西医学知识交流小年表则帮助更多。另外，作者在结论部分讨论中印医学交流的走向问题时指出中医因为没有宗教的中介所以没有能在印度打开局面，而印度医学借助宗教在中国广泛传播。这个结论应该放在更宽广的宗教和商业交流史背景下来看，不仅中医没能西传，汉文化几乎没有在帕米尔高原以西留下太多痕迹。小的方面也有些地方尚有修订空间。如第二章提到一系列医学家的名字中 Agastya 没有列出汉文名（页 26），其实他的汉名是阿竭多（《大般涅槃经》卷 35 有阿竭多仙，见《大正藏》册 12，页 840 中栏）；又，第二章谈及吐鲁番梵文文献的来源和性质时引用张广达先生的说法指出德国所藏 648 件梵文文书有 116 件来自吐鲁番，引自韩森（Valerie Hansen）的论文，不太妥当，应该追溯其原始出处，如勒柯克（Albert von Le Coq）的考古报告或瓦尔德施米特（Ernst

Waldschmidt）的梵文写本研究。最后，作者处理的材料和主题主要集中在药方，对于医药文化的其他方面如医药物质文化或许可以在将来多加留意，我们期待他给学界带来更多成果。

评陈金华《僧人与君主，血缘与王权：隋代佛教与政治中的昙迁》

此书系陈金华教授的新作，蒙作者好意，获赠一册，得以先睹为快。作者先后负笈北京大学、中国社会科学院、加拿大麦克马斯特大学，在北美著名的宗教学研究重镇麦大宗教系追随筱原亨一教授习东亚佛教史，获博士学位。曾在日本京都游学四年，后执教于弗吉尼亚大学一年，现任教加拿大温哥华不列颠哥伦比亚大学。他专攻中日中世佛教史，最近几年屡有大作发表，为我们展现了隋唐佛教史的新风貌。作者在继承传统佛教学术注重政教关系的同时，更在此书中揭示了社会史的层面，描绘了一幅一群与政治关系相当密切的隋唐高僧背后隐藏的血缘和家族纽带以及这种纽带对于他们政治宗教活动的影响的新图景。这一重要因素使得我们应该重视此书。

此书侧重仍在作者十分擅长的政教关系，副标题表明此书重点在昙迁，但实际上本书也特别讨论了昙迁时代参与的隋文帝分送舍利运动及其对武则天朝分送舍利运动的影响。作者书中充分利用僧俗史料，且征引考古碑铭材料与传世文献相互发明，提出许多细致的考证，纠正日本学者的不足。作者本书也充分借鉴了中日英文学术成果。在处理隋唐分送舍利这一芮沃寿（Arthur F. Wright）、山崎宏等人用力很深的传统主题时，作者虽然在大结论上未脱传统上认为的政权利用宗教为其张目的观点，但在一些细节问题的考订上收获很多。最重要的则是，作者明显引入更为细致的家族血缘关系与政教关系研究，从一个新的角度，给我们提供了一个从家族看佛教社会史的新视野，对传统论证是一大补充。从西方佛教学术界的角度来看，作者也在提供许多重要史料如《舍利感应记》等的英文翻译上贡献良多，便利了西方学界的读者。

关于此书的学理取径问题，正如作者在导言中所坦陈，避免了他并不熟悉的采用比如研究西方早期基督教史的名家布朗（Peter Brown）教授建议的从宗教立场的角度来处理舍利崇拜现象，而是采用传统的史家偏重政教关系的立场。这自然使得本书看上去仍然太过于偏重政治史，而作者对参与舍利事业的僧人因特别强调其世俗血缘背景 。因为本书侧重处理与皇室关系密切的极个别精英僧侣，在本书中基本上不太容易发现参与舍利分送事业的一般僧人的感受和立场。作者也显然更多地关心昙迁与文帝的关系，对于昙迁站在佛教徒立场对舍利分送事业的宗教体验没有措意。作者只是比较粗略地说明文帝利用舍利崇拜为政治服务是以阿育王分舍利为先例的，而没有深入探讨舍利为何具有很强的可利用价值，产生这种价值的宗教背景。而这种宗教研究已在近来吸引不少学者注意。比如，近年柯嘉豪（John Kieschnick）刊出《佛教对中国物质文化的影响》（*The Impact of Buddhism on Chinese Material Culture*，2003 年）一书，对舍利作为一种神圣力量有所解说。比如该书 31 页，他认为舍利被安置在塔中，成为人们崇拜的对象，乃在于它能对人们的崇拜有所响应。斯特朗（John S. Strong）教授更撰有《佛陀舍利》（*Relics of the Buddha*）一书，不但研究了印度佛教中的佛舍利（第一章），还研究了人们通常不太注意的菩萨舍利（第二章）、佛发与佛迹（第三章）、佛涅槃与佛舍利（第四章），而阿育王时代的分舍利事件在佛史中的记载亦是重要考察对象（第五章）。此书列为太史文（Stephen F. Teiser）主编普林斯顿佛教研究系列丛书，将在2004年刊出。事实上，西欧中世纪基督教史上圣徒的遗骨或遗物也曾在宗教和政治生活中扮演相当重要的作用，中世纪史名家吉尔瑞（Patrick J. Geary）教授出版的《中古时代圣骨之偷盗》（*Furta Sacra: Thefts of Relics in the Central Middle Ages*，1990年修订版）考察了偷盗圣徒遗骨在宗教背景下的政治经济等因素，发掘出当地寺院和寺院所处的小区通过圣徒遗骨的转移发生的互动关系以及这种互动产生的历史和文学表现。

在方法论上，此书利用僧传材料中僧人的籍贯记录来作为说明僧人出自同一家族的基础也是值得考虑的。作者的论证基于一个假设，即僧传中的世系记载都是可靠的。当然，作者书中论述的世系大多的确可靠。但是比如陈朝皇帝云出自颍川陈氏恐怕不足为信。事实上，僧人外学程度如何可看作是是否出身名门的重要标志之一。外学中的儒学如果不错，出身名门的可能性较高。然而，我们知道，陈寅恪先生即指出李唐世系虽在传统史料中被说成是陇西李氏，但相当可能不过是靠军功起家而牵强附会于陇西李氏名门的假冒牌或破落户。其实，中古时代史传强调门户世系，也使得中古史家传记中的籍贯记录也的确存在许多假冒攀附崔王卢李郑等中古高门大族的现象。比如荣新江教授指出富安敦（Antonino Forte）教授在《质子安世高及其后裔》（*The Hostage An Shigao and His Offspring: An Iranian Family in China*, 1996年）中受唐代墓志误导混淆安息安氏与安国安氏[①]。所以依靠中古材料看家族世系值得认真考虑。另外从社会史角度来说，家族之间的长房所出子孙与其他所出子孙是否关系融洽，血缘在政治上是否成为互相利用的基础，仍然存在问题。作者如果在考虑政教联盟时把原因归结为血缘家族纽带，可能有偏颇。

全书共分五章和四种附录。第一章讨论昙迁的生涯和在佛教史上的贡献。第二章讨论昙迁指导下的仁寿分送舍利建塔事业。第三章讨论仁寿分送运动在武则天朝的余波。第四章讨论六到七世纪的六大禅定传统。而第五章则讨论昙迁及其与两座禅定寺的关系以及它们在隋唐佛教史上的地位。四种附录分别是英译《舍利感应记》、隋两禅定寺的三纲发展史、两禅定寺五系禅定传统法系表以及隋唐政治世系表。后附参考书目十分有用，尤以日文参考著述最为丰富。

第一章作者勾画出了昙迁一生的行踪和佛教学术生涯。基于《续高僧传》的昙迁传记，作者主要以叙事方式研究了昙迁的内学和外学两方面以及师承和家世在其思想学术生涯中的作用。作者细致地指出昙迁曾在北方五台山邺下南方金陵等地游历，掌握了《摄大乘论》等著作；后来昙迁又在隋朝成为具有

① 书评原载《东西交流论谭》1998年，后收入《中古中国与外来文明》，三联书店，2001年，427—440页。

佛教社会领袖的十位大德之一。昙迁也是隋文帝晚年比较信任的高僧。随后作者追溯了昙迁的宗教背景，集中在昙迁曾学习四分律和地论宗，并且和僧稠、慧光一系的禅定传统关系密切，并曾受南方慧晓和智璀一系禅定传统影响。昙迁的传记也表明《摄大乘论》以及《楞伽经》两种大乘文献在他的思想生涯中占据十分显著的位置。通过考察，作者认为昙迁对《摄大乘论》的学习大概主要是独立进行的，可能部分地和他在金陵与真谛一系的大乘论师有关。而他在《楞伽经》上下的功夫可能不如《摄大乘论》。

作者接着探讨了昙迁的太原王氏家世因素的影响。作者指出同出太原王氏是昙迁与隋代另外一位在舍利分送建塔事业中起关键作用的王劭合作的重要因素。而昙迁的母系亲属权会可能在昙迁的外学修养方面起了很大的作用。权会可能在道家学问上对昙迁有很大帮助，但是昙迁对道家的兴趣只在义理。作者还注意到昙迁培养了许多弟子，包括经律论三方面的学生。

作者非常细致地指出了外学在高僧宗教生涯中的重要作用。值得补充的是，其实关于南北朝时期很多高僧出身世家，他们精于外学并不令人惊讶，台湾学者曹仕邦有《中国沙门外学的研究：汉末至五代》（台北东初出版社，1994 年）一书 专门讨论这一问题。作者可能没有参考曹先生这本书。南朝僧侣精于道学和书艺，也是他们和文人高士沟通的基础。这才会出现许理和（Erik Zürcher）在《佛教征服中国》一书中所说的“士族佛教（Gentry Buddhism）”。近年在哥伦比亚大学任教的日本学者阿部龙一在新著（*The Weaving of Mantra: Kūkai and the*

Construction of Esoteric Buddhist Discourse，2000）中即指出空海和天皇在写诗为文方面有共同兴趣，对两人的关系有相当的帮助。

作者在第二章主要探讨这么几个问题：昙迁在隋代仁寿分送舍利建塔事业中的作用和影响，分送舍利建塔事业的宗教实践，建塔事业与政治史的关系。章节末尾附录英译《舍利感应记》，尤利于英文学界。作者利用《隋书》、《续高僧传》、《广弘明集》以及《法苑珠林》等内外典材料详细地探讨了分送舍利的时间地点人物事件等。作者推测分舍利运动可能主要由隋文帝的宗教政治顾问昙迁、王邵以及杨雄等推动和策划，而不是王邵所撰《舍利感应记》中所反映的由文帝自己发起。而昙迁与王邵共通的王氏家世背景可能是他们合作推动和策划分送舍利建塔事业的基础。

在宗教实践上，作者认为迎舍利仪式七日行道中的禅定、发露、忏悔、礼佛、授菩萨戒等宗教活动可能来自昙无谶和道进一系的传统。而昙无谶所译《金光明经》提供了这些实践的理论基础。接着作者探讨了这些实践在北方和南方的发展，作者指出北方玄高和南方的玄畅以及天台智顗大师分别在北方和南方推动了这种实践。作者接着指出，在政治层面上，除了利用祥瑞为其造势，文帝还利用分送舍利建塔事业为其政治扩张服务。作者特别举隋与突厥和高丽的关系为例。

作者在这一点上主要是分析了王邵所撰《舍利感应记》中的主体部分，即关于都城地区的部分，至于后面地方的感应现象似乎用力不够。其实，当时地方上所反映的宗教实践有两点似乎值得注意，因为它们可以看作是和授菩萨戒并行的重要大乘佛教实践。其一是烧身供养。比如《舍利感应记》记载当时山东即有烧身供养，这是十分重要的大乘菩萨道实践，应该是和上面所谓七日行道仪式一样重要。我们应该注意到韩愈时代当法门寺舍利被迎入京师，亦有崇拜者燃肢体供养。烧身供养者是一位童子，烧身的同时诵《法华经》"药王本事品"。其二是放生活动。《舍利感应记》并记载迎舍利期间有许多放生实践，这些放生实践的理论基础和授菩萨戒一样都源自《梵网经》。即使是从政教关系角度看，分送舍利期间的大规模释囚活动则可以看作是宗教活动的政治副产品。作者亦未提到。

第三章实际上是通过考察李武韦杨婚姻集团的家世纽带来看文帝分送舍利建塔事业在武则天时代的余波。作者首先指出比较隋文帝和武则天的政教关系基于他们都同样在晚辈手中夺得政权，都热衷于佛教信仰，并且他们之间存在血缘纽带。他们都利用佛教的转轮王思想作为建立政权合法性的意识形态工具，即都把自己打扮成转轮王再世。然后作者着重考察了武则天与法门寺的关系以及光宅分送舍利事业。作者认为这一系列活动都是仁寿分送舍利事业的影响。

第四章转向讨论隋唐时代的六大禅定传统。作者的考察基本上基于道宣律师在《续高僧传》"习禅"部分末尾所著"论曰"一文。据称，北方有四种传统，邺下洛阳的僧稠一系，长安有僧实一系，太原一带有慧瓒一系，介于南北之间的是菩提达摩一系，南方有金陵以活跃在钟山和摄山为主的两位禅师智璀、慧晓一系，衡岳荆州天台一带有慧思、智𫖮一系。作者考察了每种传统中的中坚人物，他们的禅法传承以及六大系统内部的相互关系。作者指出除了菩提达摩和慧可一系可能地位比较边缘之外，其他几家之间互相之间交流很多。

第五章侧重于讨论昙迁与两禅定寺的关系。作者考证了禅定寺设立的时间，在昙迁领导下在禅定寺活跃的一些僧人以及他们所属的禅定传统。作者发现似乎只有菩提达摩、慧可一系的传统被排除在两禅定寺之外，原因可能是昙迁故意不允许他们一系的僧人在两禅定寺活动，其他传统都有代表在两禅定寺，其中以僧稠一系僧人势力最大。作者认为昙迁对《楞伽经》的解释与慧可一系对同一经典不同，从而使得昙迁为了确立自己的正统地位把慧可一系排除在两禅定寺之外。作者更认为武则天时代神秀被选入洛阳可能意味着菩提达摩一系禅定传统开始变得更为重要。而隋代与武则天时代昙迁与神秀在禅修界的领袖地位可能是两系禅定传统在不同时代先后成为主流的反映。

此书利用在日本出版的便利，提供了十分丰富的拼音与汉字对照，所以十分便利中文读者。唯两位日本学者汉字名或因印刷问题有误，259 页“Fujiyoshi Masumi 藤吉真澄”应作”藤善真澄”。274 页“Yamabe Nobuyoshi 山边能宜”应作“山部能宜”。藤善先生现任教于日本关西大学，系京都大学竺沙雅章教授高足。笔者 2001 年游学京都，竺沙先生即提醒笔者注意藤善先生的著述，云其已研究道宣有年。而 2002 年，藤善先生终于刊出长达五百多页的总结性著作《道宣传之研究》(京都大学出版会)，堪称精品。十分有趣的是，笔者得识陈金华先生并建立联系亦系陈先生业师筱原先生介绍。此为学界趣事，今附记于此。

评藤善真澄《道宣伝の研究》

笔者2001年游学京都，谒京大退休教授中国佛教史名家竺沙雅章先生。竺沙先生告知其弟子藤善真澄将刊出一部研究道宣的巨著。时隔一年，即见到这部长达五百多页的《道宣传之研究》。藤善先生现任教日本关西大学，以此书在京都大学获得博士学位。此书实际上是藤善先生二十余年间所发表有关道宣研究论文的汇编，但有所增补。藤善先生在撰成此书过程中得到日本佛学和汉学界的诸多名家指点，比如冢本善隆、宫崎市定、田村实造、森鹿三、增村宏、佐伯富、牧田谛亮、佐藤长、日比野丈夫、竺沙雅章、永田英正、砺波护。《道宣传之研究》出版之后，在日本学界已经有至少两篇书评发表。先由藤井教公在《印度哲学佛教学》（17卷，2002年，384—385页）发表一篇短文介绍，再由松浦典弘在《佛教史学研究》（46卷2期，2003年，66—73页）发表一篇较长书评。迄今为止，中文学界和西文学界尚没有书评问世。此书是目前道宣研究中最为全面，最为细致的一部，值得评介。

唐律师道宣（596—667）是中国佛教史上著述最为丰富的学者。除撰写律宗三大部外，还留下十分丰富的仪规历史佛典目录方面的著作多部。其所撰写的《续高僧传》不仅在规模上远胜于慧皎的《高僧传》和赞宁的《宋高僧传》，而且在资料收集、史实考订和评论等方面都是前无古人后无来者的。他留下的丰富著述，对于我们研究中世中国佛教史帮助甚大。然而，对于道宣本身的研究，在藤善先生大著出版以前，学界措意甚微。在正式评介藤善先生大著之前，值得简单回顾一下道宣研究的学术史。据笔者了解，藤善先生的著作可以说是学界第一本正式出版的研究道宣的著作。在此之前，日本学者石田瑞历在一些阐释律宗的著作中对道宣有所涉猎，但石田先生侧重于日本佛教史。日本学者佐藤达玄在 1986 年由木耳社刊出的《戒律在中国佛教的发展》（中译本由释见憨、钟修三、欧先足、林正昭完成，台湾嘉义：香光书香出版社，1997 年）有六章专门研究道宣，分别探讨了道宣与唐代佛教、道宣与戒坛、道宣的忏悔观、道宣对师徒之道的理念、道宣与戒体、四分律宗的形成等问题。这是关于道宣与戒律最全面的一个研究。这一主题，在另一位日本戒律学者土桥秀高的两卷本《戒律之研究》（京都永田文昌堂，1980—1982）中也有阐发。关于道宣的忏悔思想，法国远东学院郭丽英女士在 1994 年刊出的《五至十世纪中国佛教中的忏与悔》（*Confession et contrition dans le bouddhisme chinois du Ve au Xe siècle*, Paris: Ecole française d'Extrême-Orient, 1994）也有十分精彩的论述。关于道宣《续高僧传》的研究，除了台湾释果灯《唐道宣〈续高僧传〉批判思想初探》（台北东初出版社，1992 年）之外，1995 年哈佛大学的瓦格纳（Robin Beth Wagner）完成一本博士论文“佛教，传记与权力：道宣《续高僧传》研究”（Buddhism, Biography and Power: A Study of Daoxuan's Continued Lives of Eminent Monks）。1997 年台湾中研院的美国学者柯嘉豪（John Kieschnick）出版《高僧》（*The Eminent Monk: Buddhist Ideals in Medieval Chinese Hagiography*, Honolulu: University of Hawaii, 1997）一书，也对道宣的《续高僧传》有很多评述。加拿大学者筱原亨一（Koichi Shinohara）教授九十年代以来也屡屡发表长篇论文研究道宣，数篇见于《中华佛学学报》（*Chung-hua Journal of Buddhist Studies*）。其论文涉及一些道宣的重要论著，如《续高僧传》、《道宣律师感通录》、《集神州三宝感通录》等。旅居日本的佛教学者肯尼（Elizabeth Kenny）在《印度学佛教学研究》上有些单篇论文讨论《续高僧传》中的眠梦和异僧等主题。1997年兰德斯（Eric Reinders）在加大圣芭芭拉分校完成一部研究道宣"沙门不拜王者论"的博士论文（Buddhist Rituals of Obeisance and the Contestation of the Monk's Body in Medieval China）。2002年亚利桑那大学东亚系的新加坡学者智慧（Zhihui Tan）完成其研究道宣中天竺舍卫国祇洹寺图经的博士论文。近年来日本京都大学船山彻（Funayama Toru）也有一些单篇论文发表。笔者的博士论文也主要是研究道宣的一些戒律和修行方面的论著，并提出道宣认识江南佛教的一些新解。从以上情况来看，尽管道宣是中国佛教史上最重要的人物之一，学界对他的关注基本上还是九十年代以来的新趋势。藤善先生的著作出版，料将引起学者对道宣更多的关注。

《道宣传之研究》一书共包括正篇十二章和副篇四章，书末附有中英文摘要和十分方便检索的专名索引。全书采用比较传统的文献学取径，采用年谱式的做法，穿插对道宣生涯各个阶段所撰著述的年代撰述地点分析，在许多细致的问题上从佛教史角度进行精详考证，旁征博引，互相发明，得出了许多令人信服的结论，但也不无可商之处。考虑到此书中文摘要已经提供了较为清楚的内容介绍，本书评不再予以细致介绍，仅拣出其要点与读者分享。副篇有四篇文章分别是关于隋唐时代北齐系官僚、王邵著作小考、印度僧人那连提梨耶舍，以及中国佛教史里对祇洹精舍的记载。因不是该书重点，不拟细说。全书主题部分的十二章可以分成两部分来看，一部分是有关道宣生平与著述研究，包括第一至第五章；一部分是有关从道宣著述中引申出的单个主题研究，包括剩下的各章。

第一部分包括五章，基本上叙述了道宣一生的主要事迹和业绩。第一章作者比较了道宣和僧祐，把他们放在当时佛教史背景下考察了他们生活经历与佛学撰述的异同。作者特别比较了两人撰述中体裁相似的《出三藏记集》与《大唐内典录》,《弘明集》与《广弘明集》。作者也涉及了道宣著述中对道教的态度和末法思想。第二章十分详细地考证了道宣的家世出自吴兴钱氏。作者追溯了唐以前钱氏的历史特别是钱氏与陈朝帝室的关系。第三章作者讨论了道宣早期的佛教生涯。作者指出道宣的师父慧頵也出自陈朝高官家庭，两家可能是世交。在继承山崎宏对隋唐佛教研究的基础上，作者进一步指出道宣到日严寺追随慧頵可能和日严寺江南高僧较多有关。作者接着考察了道宣由智首剃度的过程。第四章作者考察了道宣离开长安游历四方的经历及著述。作者考证出道宣自贞观四年（630）出发，约游历了十五年左右。道宣足迹可能遍布以山西、河北、河南为重点的北方各地。他贞观九年在山西一带游历，撰写《四分律删补随机羯磨》。作者还考证出《四分律删繁补阙行事钞》初撰于贞观三年,重修于贞观十年。作者随后利用《关中创立戒坛图经》以及《净心戒观法》中的史料考证道宣曾游历江淮、会稽、湖北等地，作者认为除了甘肃、辽东和岭南之外的主要地区，道宣都有游历。但是，作者所举都是孤证，而且作者推测道宣去江南的原因一是可能去学习《十诵律》，二是参拜祖坟，基本上都没有坚实的史料支持。道宣学习十诵律,并不需要亲身去江南。比如道宣的戒师智首也曾涉猎《萨婆多部毗尼毗婆沙》，则是通过往来南北行人获得[1]。第五章讲晚年道宣在长安和终南山地区的著述和修行。道宣晚年开始主要在丰德寺著述，后来被引为西明寺上座，则主要在长安活动，除了自己专心著述外，也参与了玄奘领导的译经活动。此章第五节作者以“道宣和玄奘”为题，其中探讨的却是长安光明寺与当时的官方写经史事。实际上道宣与玄奘的关系十分值得讨论。两人都是学问僧，玄奘以留学身份回国，备受礼遇，道宣在晚年才被请入西明寺，两人经历著述地位变迁以及相互关系实在值得细究。但作者在此处没有展开。第五章第六小节题为“道宣与道世”，又是十分有趣的议题。作者主要考证了道世所撰巨著《法苑珠林》与道宣著述的文献学联系。

第二部分包括七章：第六章《续高僧传》中《玄奘传》的成立，第七章《续高僧传》管见—以兴圣寺本为中心，第八章

---

① 参见智首所撰《续萨婆多部毗尼毗婆沙序》,《大正藏》23 册 1440 号 558 页下栏至 559 页上栏。

道宣之入蜀与《后集续高僧传》，第九章《卫元嵩传》成立考，第十章道宣与礼敬问题，第十一章道宣的绝笔三种，第十二章药师寺东塔擦铭与西明寺钟铭。第六章利用京都兴圣寺所藏平安朝末期的《续高僧传》抄本来比较传世本《续高僧传》中的玄奘传。作者推断兴圣寺本成立于贞观二十二年（648）。由于两传相差较大，作者对两传进行了校合工作，在章末提供了最新的《续高僧传》卷四《玄奘传》。这是利用新史料研究旧主题的佳作，给我们提供了许多新信息。第七章接着前章的基础上利用兴圣寺抄本再考察《续高僧传》。作者受陈垣先生指出的《历代三宝记》中所反映的僧人认为周隋继承宋齐梁陈正统一论启发，探讨了道宣的王朝正统观。作者认为道宣没有以陈为正统，而是按朝代灭亡的顺序来安排僧传的顺序。第八章主要探讨道宣入蜀问题和《后集续高僧传》。作者通过考察《续高僧传》中一些道宣提到自己亲自踏查蜀地旧迹的记录考证道宣曾入蜀。作者在此章的重要贡献是通过考察《后集续高僧传》，发现这个续集收录蜀地僧人传记较多，因而推测可能是道宣于永徽三年至显庆二年之间亲去蜀地搜集资料而补充撰成。第九章研究卫元嵩传记。作者侧重研究了道宣可能受当时一些与卫氏相关的志怪传奇小说的影响，并在入蜀后才了解到卫元嵩已经深受当地人们敬仰，从而决定在《续高僧传》中为卫元嵩立传。第十章主要研究道宣与“沙门不拜王者论”的联系。作者先是考察道宣的《释门归敬仪》，接着讨论道宣在唐初领导历次不拜王者的活动。第十一章考察道宣晚年的三部著作《律相感通传》、《中天竺国舍卫国祇洹寺图经》、《关中创立戒坛图经》。作者十分敏锐地指出道宣晚年绝笔三种深受天人感通思想启发。然而，作者对《戒坛图经》的评述未超出日本前辈学者横超慧日、宫林昭彦、平川彰等人对戒坛论述的范围。尽管作者在第一章强调了道宣出身江南世家的因素，后来也推测道宣去过江南，但是作者在论述戒坛时可能没有意识到道宣有把戒坛和江南佛教联系在一起的考虑。比如，道宣在《关中创立戒坛图经》中指出，“江右渝州已下，迄于江淮之南，通计戒坛，总有三百余所。山东河北关内剑南，戒坛事不绝，使江表佛法今四五百年曾不废退，由戒坛也。戒为法之初，元本立而不可倾也。自北河之左右，曾不闻名，由此佛法三被诛殄。又江汉之南，山川秀丽绮错，见便忘返者，土地之然也。人依外根，故使情智聪敏，形心勇锐也。遂能详度佛教，深有可依，无所疑虑，不可忘废也。”

这里可以看出道宣对于戒坛的重视在于他认为戒坛维护了佛法的传承。江南佛教没有受到政治迫害的原因在于江南佛教教团有较为规范的戒坛作为僧人受戒之基础。但是作者完全没有提到这一点。接着在阐述《戒坛图经》之后，作者讨论了《中天竺舍卫国祇洹寺图经》。比较有意思的是作者指出道宣在这两部晚年著作中深受灵裕法师关于寺院制度论述的思想影响。第十二章叙述了一个中日佛教文化交流中为人忽视的问题，即药师寺和西明寺两座寺院钟铭之间的比较。

总的来说，全书基本上是围绕道宣的生涯和著述来展开的，方法论上是以道宣自己的著述来互相发明，梳理道宣一生的经历。作者避开理论框架的建构，着力于一些具体事件年代地点的考证；方法论稍显老旧，以比对传世文献为主。从研究问题的着眼点而言，作者尚未细致分析道宣撰述一些著作的深层原因，比如撰述绝笔三种的动机和意义何在。通观全书，作者似乎基本上只是利用道宣的著述重建道宣的生平，而对于道宣的学术思想与佛教思想以及它们对道宣撰述的影响，基本上没有深入探讨。换个角度，这也许为我们将来研究道宣留下了更多的空间。从使用材料的角度而言，作者的做法亦有可商之处。在运用第一手材料的层面上，作者基本上采用了僧俗史料，除佛教史料之外，也还注意各种世俗传世材料，比如正史。但是，作者没有太多注意碑刻史料，比如智首的碑传就没有利用。前些年中国学者安家瑶女士领导考古队发掘长安西明寺遗址，在日本出版的《大安寺史和史料》以及中国出版的《唐研究》杂志都发表有简报，作者也没有用来补充论述西明寺。在运用第二手数据的层面上，作者虽然充分借鉴了日本学者的成果，但对其他语言的研究成果，比如上面笔者举出的欧美研究，作者均未措意。然而，总体上而言，藤善先生大著仍是迄今为止最为详尽细致全面探讨道宣生平行迹的唯一专门学术著作，用力极深，许多论证比较可靠，将可作为日后道宣研究的基础。

评贝剑铭《为佛而烧：中国佛教中的烧身》

2007 年夏威夷大学出版社与黑田东亚佛教研究所合作出版了至少两本有关佛教与死亡的著作，分别是三月份出版的贝剑铭所著《为佛而烧：中国佛教中的舍身》（以下简称《为佛而烧》）和五月份出版的《佛教中的死亡：实践、话语与再现》（*The Buddhist Dead: Practices, Discourses, Representations*）。前者乃是贝剑铭博士基于其博士论文修改而成的专著，后者乃是 2002 年 5 月普林斯顿大学宗教研究中心组织的学术会议论文集，由会议召集人克瓦斯（Bryan J. Cuevas）和斯通（Jacqueline I. Stone）主编，其中收入贝剑铭一篇题为《火与剑：中国佛教史上自焚与宗教迫害的一些联系》（Fire and the Sword: Some Connections between Self-immolation and Religious Persecution in the History of Chinese Buddhism）的论文。在评论贝剑铭著作之前，有必要介绍作者的学术背景和其大作的选题背景，可以让读者对于本书出现的学术史语境有所了解。

贝剑铭先生先后在剑桥大学圣约翰学院、伦敦大学亚非学院、加州大学洛杉矶分校求学，师从巴雷特（T. H. Barrett）、麦大维（David McMullen）、巴斯维尔（Robert Buswell）等先生，完成其本科、硕士和博士学位，2001 年完成其博士论文之后任教于亚利桑那州立大学，2005 年接替筱原亨一先生转任麦克马斯特大学助理教授，2007 年获终身教职，任副教授。贝剑铭在《为佛而烧》一书出版前，已经发表两篇相关论文[①]。他是陈金华先生的好友，两人共同主编《佛教与和平：暴力、战争与自我牺牲等议题》一书[②]。他们两人是目前北美中国佛教史研究界十分活跃的青年学者，其作品十分值得中国学术界重视。

贝剑铭先生的这本大作，反映了世纪之交北美学术界从新的角度来认识宗教理念与实践的尝试，即一方面从宗教与身体的关系的角度来看人类宗教生活的复杂性，另一方面亦重视研究佛教中的生死问题。佛教与身体的研究，在二十世纪九十年代末至少有两篇博士论文与此相关，一篇是兰德斯（Eric Reinders）于 1997 年在加州大学圣芭芭拉分校完成的《佛教归敬仪与中古中国僧人身体的抗衡》（*Buddhist Rituals of Obeisance and the Contestation of the Monk's Body in Medieval China*）一文；另一篇是大沼玲子（Reiko Ohnuma，Dartmouth College）同年在密歇根完成的博士论文。后者以《头、眼、肉、血：印度佛教文学中的舍身》于 2007 年 1 月由哥伦比亚大学出版社刊出[③]，但贝剑铭未及引用，仅引用大沼博士论文原稿；前者则尚未正式

---

① “Where Text Meets Flesh: Burning the Body as an ‘Apocryphal Practice’ in Chinese Buddhism”, *History of Religions* 37: 4 , 1998, pp. 295–322；“Written in Flames: Self-immolation in Sixth-century Sichuan”, *T'oung Pao* 92: 4–5, 2006, pp. 410–465.

② *Buddhism and Peace: Issues of Violence, Wars and Self-sacrifice*，花莲：慈济大学出版社，2007。

③ *Head, Eyes, Flesh, and Blood: Giving Away the Body in Indian Buddhist Literature.*

出版，但兰德斯于2004年在加州大学出版社出版了亦是研究宗教与身体的著作《托神与异身：基督教传教士想象中国宗教》[①]。1997年另一本值得重视的有关宗教与身体的著作是哈佛大学神学院讲座教授考克利（Sarah Coakley, 2007年10月转任剑桥大学神学讲座教授）主编的一本论文集《宗教与身体》[②]，本书涉及世界各个宗教中的身体观与身体实践（bodily practices）。随后在一些宗教百科全书和辞典中均出现有关身体的词条，其中包括泰勒（Mark Taylor）主编的《宗教学关键词》[③]，书中的“身体”词条由宾州大学日本宗教学专家拉福勒尔（William R. LaFleur）撰写（36—54页）。虽然生死本身在宗教中早已是中心论题，死后生活（afterlife）一直是现代宗教学研究的重点，但佛教与生死的问题在近十年来日益在东亚佛教学研究中受到重新认识。比如普大的日本佛教专家斯通（Jacqueline I. Stone）除组织2002年的会议之外，还参与2003年6月由东京大学文学部末木文美士教授召集的“佛教中的死与生”研讨会，亦正在完成一本有关日本中世佛教中死亡实践的著作。小洛佩兹（Donald S. Lopez Jr.）主编的《佛教学关键词》[④]一书中的“死亡”词条即由斯通教授撰写（56—76页）。

《为佛而烧》一书的结构包括前言、结论以及主要的六个章

---

① *Borrowed Gods and Foreign Bodies*: *Christian Missionaries Imagine Chinese Religion*.

② *Religion and the Body*, *Cambridge*: *Cambridge University Press*, 1997.

③ *Critical Terms for Religious Studies*, Chicago: University of Chicago, 1998。

④ *Critical Terms for the Study of Buddhism*, Chicago: University of Chicago Press, 2005。

节，并有两个附录，一个是历代僧尼传记中有关舍身的僧人相关故事，另一个是慧皎、道宣、赞宁在三种《高僧传》中为《亡身篇》或《遗身篇》所写“论赞”的英译。本书前言部分仅介绍了亡身与感应的关系，相关的若干术语如亡身、遗身、舍身，全书使用的主要僧传史料，大乘佛教文献中的舍身，以及全书的内容和规模等。全书的主体六章基本上按照历史的年代顺序特别是成书于梁、唐、宋代的三部《高僧传》中舍身僧人传记来讨论舍身问题，虽然全书试图提供整个中国佛教史上的舍身实践，但其重点放在中古时段，主要是南北朝隋唐时期。第一章讲南北朝时期的舍身，指出中国佛教中的舍身受早期大乘佛本生故事中摩诃萨埵舍身饲虎和道教绝粒成仙传统的影响；这一章还简短提示了在家人信徒、国家与士人对舍身仪式的参与；尼众的舍身；以及舍身与灵应的关系；最后分析了慧皎《高僧传》中《亡身篇》的“论曰”部分。第二章讲舍身与《法华经》的关系。首先简单提示了中国僧人对《法华经》的解释，然后主要分析了《药王菩萨本事品》，而药王菩萨正是中国僧尼舍身的模仿对象；这章还描述了持诵《法华经》灵验故事在南北朝隋唐时期的流传，特别强调持诵《法华经》可应验普通人亦可得到舌不坏的功德。第三章讲舍身的力量，主要围绕该实践与国家政权的关系。作者在这一章分析的主要材料来自道宣《续高僧传》，并注意到传中提到的舍身故事主要来自道宣对终南山地区僧人舍身的记载，认为这些记载存在地区的局限性。随后作者以大志（567—609）、智命（？—619）为例分析了僧人为护教而舍身的实践。作者还注意到僧人以为末法将来临而舍身以及不常见的女尼的舍身。最后作者分析了道宣为《续高僧传》之《遗身篇》所写的论。作者在结论中指出因为道宣身处政治斗争的中心地区，所以特别留意那些为护教而遗身的僧人并将他们的故事收入《续高僧传》中。第四章虽以分析道世《法苑珠林》之《舍身篇》开始，但重点讲永明延寿（904—975）在《万善同归集》中对舍身的阐释，并批判魏雅博（Albert Welter）仅注意到舍身与婆罗蜜行中施舍行的联系，强调舍身实践与《梵网经》和菩萨戒的关系。这无疑是正确的，实际上船山彻先生在他关于舍身的研究中也早就涉及这一主题[①]。作者还非常简单地提示了舍身与华严思想特别是理、事、性、相等名相的关系。作者认为考虑到佛教大传统的关键代表人物如永明延寿在其主要著作中已经讨论了舍身，所以舍身不能被视作是小传统，而且延寿是第一位试图为舍身实践建立义理基础的僧人。第五章主要基于赞宁《宋高僧传》来讲晚唐五代的舍身，值得注意的是这一章注意到了高僧舍利、燃指、禅宗高僧舍身的问题。最后一章讲宋以后直到近代的舍身故事。

本书在理论和方法上乃至材料使用上并没有特别过人之处。以理论而言，本书继承了英国汉学的朴素传统，在前言中没有花太多篇幅讲全书的理论架构和方法取径，根本没有提到前文所说《宗教学关键词》中的词条以及该词条下所附参考书目中的任何一条，这在美国学术界则显得非同寻常。作者提到了布

① 参《舍身の思想——六朝仏教史の一断面》，《东方学报》74 卷，2002 年，41 — 88 页。

朗（Peter Brown）研究圣徒崇拜一书[1]，却没有提到拉福勒尔在“身体”词条中提示的布朗专门研究早期基督教中身体与社会的另一书[2]。作者也完全没提到前述《佛教学关键词》一书中斯通撰写的“死亡”词条（56—76页）以及大沼撰写的“捐施”（Gift）词条（103—123页）。但作者在全书结论中作了一点点理论上的提示。就一般印象而言，全书写作有点依据历史时代顺序和史料的顺序平铺直叙，只在一些有学术旨趣的小问题上偶尔停留做一些相当简短的讨论。但本书的写作非常简洁明了，文笔很好，可读性很强，也为英语读者提供了舍身故事的细节，贡献颇多。单纯从作者使用的材料来看，本书毋宁算是柯嘉豪（John Kieschnick）《高僧》一书中研究对象的继续，因为本书的主要材料也主要来自历代僧传和尼传，柯氏偏重高僧的苦行、感通、学术等实践，而贝剑铭着重于舍身实践。或许将来历代《高僧传》中其他篇章中的僧人实践如唱导等均有专书进行研究。总体而言，《为佛而烧》一书的确是迄今为止研究中国佛教中舍身实践最为重要的一本书，不仅分析了该实践在《法华经》中出现的经典背景，也分析了该实践在中国僧人著述中的阐释，提出舍身实践亦是佛教中国化（Sinification）过程的一部分。作者虽然不是第一位研究这一宗教实践现象的学者，但却是首次全面研究这一实践的学者。作者仍延续了传统佛学的做法，试图寻找

① Peter Robert Lamont Brown, *The Cult of the Saints: Its Rise and Function in Latin Christianity*, Chicago: University of Chicago Press, 1981。

② *The Body and Society: Men, Women, and Sexual Renunciation in Early Christianity*, New York: Columbia University Press, 1988。

实践背后的经典依据（所谓 scriptural models），并同时利用了中国佛教史上有关《法华经》的灵验记，故而有专章讲《法华经》。

作者虽然没有提出宏大主题，但在分析一些舍身故事时注意到许多重要的联系。譬如第一章提到虎在舍身实践中扮演的独特作用，作者利用其他学者的研究认为这可能和中国人最敬畏的动物乃是虎有关。作者也注意到中国僧人在舍身实践中有时不一定受《法华经》之《药王本事品》影响，而可能受《大般涅槃经》影响（37—38 页），模仿佛陀之行为。事实上，这一看法笔者也在研究中有所阐发，只是拙著分析的例子不同，拙著主要讨论隋代分舍利运动中的僧人舍身[1]，笔者认为在迎舍利运动中发生的舍身事件反映了僧人将自己代入佛陀的角色，为佛而烧身的理想。但显然这些课题仍值得进一步探讨。本书的不足之处还在于它虽然提出了一些问题，但没有很好地解答。比如，在第四章对永明延寿《万善同归集》的讨论中，作者虽然提出了很多有意义的讨论，比如舍身与菩萨戒、华严思想的关系，舍身与诵经等佛教仪式的关系等，但令人遗憾的是均很简短，尽管作者在讨论赞宁时也提示了韩愈在《谏佛骨表》中批判的迎舍利过程中出现的烧顶、灼臂等行为（160 页），但没有将舍身放在一个更为宽广的中国中古文化背景中考察，如非佛教人士特别是视身体发肤不可轻易损毁的儒生如何看待舍身，以及中国传统礼仪与舍身作为一种仪式之间的联系等，或许均

① 参见拙著 *The Revival of Buddhist Monasticism in Medieval China*, New York: Peter Lang, 2007，pp. 69–73。

值得深入探讨。第五章中提到燃指，在讨论赞宁的“论曰”部分时提到烧顶、灼臂等实践。但其实燃指、烧臂可能可以看作是燃身灯（body lamp ritual）仪式的传统，作者没有注意到在敦煌的许多燃灯文中均有反映[①]。这种实践应来自《贤愚经》中所记载的《虔阇尼婆梨剜肉燃千灯》本生故事的传统。舍身和身灯的关系，亦值得进一步讨论。

作者有些看法似乎不能令人信服。如第一章的结论认为慧皎和宝唱并不将舍身作为边缘的实践，可以和译经、义解、感通一样有效服务于僧团（52 页）。这个观点似乎不是建立在很坚强的证据基础之上。原因在于译经、义解等僧人在《高僧传》中的确是排在前面，这种排序不是没有缘由的。在这些编者心中，这些僧人的影响和重要性仍要超过其他篇目中的僧人。为了说明亡身的重要性硬将其与译经、义解并列是不必要的。其实译经、义解之外，习禅、明律均不如前两者重要，律师的地位远不如法师重要。虽然道宣在《续高僧传》中仍将译经、义解排在前列，但他在其所著《净心诫观法》中对当时佛教界很多僧人追逐义解的风气有强烈批评，这也反证了法师当时在僧团和社会生活中的地位远迈律师。另外，我们可以进一步考虑舍身实践的普遍性与特殊性、舍身僧人的代表性与少数性。考虑到作者仍极力寻找舍身实践背后的经典根据，这不能不说译经、义解乃至读诵实践为舍身提供了一个经典基础。作者在全书的最后结论中再次重申舍身不是边缘性实践，也不是单一现象（195

① 如黄征、吴伟校注《敦煌愿文集》，长沙：岳麓书社，1995 年，507 — 538 页。

页)。但是,尽管作者提供了许多例子,正如我们在历代《高僧传》中看到的,舍身仍然是少数僧人的实践,而且也是相当极端的不能算是普遍的实践。虽然译经在中国佛教史上十分重要,没有译经僧人的努力,中国僧人甚至不可能读诵那些佛教经典,但译经僧毕竟是少数群体,他们常常为皇室和高官赏识和支持,在京城声望很高,他们的地位要求有非常特殊的语言能力,如精通梵文或者中亚胡语,这使得译经不可能成为中国僧团中的一种普遍实践。《高僧传》中收录的高僧之所以高,一方面当然因为他们在佛教实践上乃是僧团的代表,但另一方面,也是因为他们的行为、贡献比较异于普通僧人。我们可以看到另外一个类似的例子,僧祐《弘明集》以及道宣《广弘明集》所收入的文章大多数来自皇室及其亲近的高官文士,这明显反映了中古时代高僧精英与当时政治和文化精英的结盟以及僧团的依赖性。从另外一个角度而言,作者在试图寻找舍身实践背后的经典背景时,也要考虑到能够对经典有深刻理解并付诸实践的僧人不可能是普通僧人。普通僧人如果没有这种对经文内在含义的深刻理解,只是随意跟从高僧舍身,那正如韩愈所批判的可以看作是非理性的盲从,也无从吸引道宣、赞宁等高僧的赞许。所以,僧人的舍身,从中国佛教的大背景来看,并不具有普遍性。

评寇爱伦《中国佛教中的母与子》

在清华大学国际汉学研究所刘国忠博士的推动下，我想介绍最近读到的美国中国佛学界新作《中国佛教中的母与子》（*Mothers and Sons in Chinese Buddhism*，斯坦福大学出版社，1998年，以下简称《母与子》）。该书系现任教于刘易斯与克拉克学院（Lewis & Clark College）的助教授寇爱伦（Alan Cole）基于其博士论文的改作，出版于1998年夏天，我1998年11月才得到一册。寇爱伦并非美国佛教史学界的领军人物，只是位刚刚出道的青年学者，年仅三十五六岁，《母与子》是他出版的第一本书。我选择介绍这本书的缘由在于：这是本新书，从出版到现在尚不足一年，介绍它可以让读者了解美国青年佛教史学者水平之一斑；这本书的选题和内容反映了美国中国佛教史学界的新趋势和新取径，其主题和研究理论与方法都有独特之处；到我动笔之时，我注意到该书已出现在国际知名宗教史刊物如《国际佛教学会会刊》（JIABS），《Numen》，以及美国亚洲学会（AAS）的《亚洲研究》（JAS）等的新书目中，但尚未见到这些期刊以及其他学术刊物发表有对该书的书评论文或介绍。我的介绍将分为这些部分：作者，作者的写作背景及其所用的理论与方法，作者的主论点及论证，我的一点思考。

寇爱伦，在明德学院（Middlebury College）完成其学士学位，后进入以藏学闻名北美的弗吉尼亚大学，以藏传佛教为主修开始其研究生学习，未及完成学位即转往另一更为出名的佛学重镇密歇根大学主修佛教，先后获得硕士和博士学位。寇氏在《母与子》一书的“铭谢”中说，他的老师是福尔克（T. Griffith Foulk, 中国佛教史专家）和葛美兹（Luis O. Gomez, 印度佛教史专家）。在我的印象中，应该说寇氏的老师们是注重文献研究的，这一传统为寇氏继承下来。我和他们师徒均有一面之交，在我甫得该书约两周之后，寇氏来普大的“佛教与叙事学”佛教读书会发表他关于《坛经》的新论文，是用叙事学的理论与方法重读《坛经》，确有些让人耳目一新之感。我对他的“新读法”也有些疑惑，进而看他老师福尔克的论著。1999 年三月中旬我去波士顿观摩美国亚洲学会第五十一届年会，意外地听到福尔克教授在小组会上发表关于“语录”的新论文。1999 年四月葛美兹来佛教读书会发表他对印度佛教文献中“盲人摸象”题材的“新读法”。不用说，《母与子》也很有些“新读法”，对今后的中国佛教史不无帮助。

《母与子》一书共分十章，我们从其目次可以约略了解作者全书的组织结构：第一章，佛教宣传；第二章，儒家诸种情结；第三章，佛教版“孝”的萌芽期；第四章，初期的母与子；第五章，盂兰盆会中的母与子；第六章，佛教精英对母与子的看法；第七章，《父母恩重经》；第八章，目连与母亲的十恩德；第九章，佛教生物学；第十章，二分的母亲与其他结论。

第一章实际上是导论。作者谈到他对选题的考虑，全书的基本观点，及他所采用理论与方法。作者的选题乃是源于他在调查中国佛教文献中关于家庭的史料的过程中，发现中古文献中佛教对家庭的讨论相当频繁，他试图找到是否佛教文献为家庭和佛教寺院之间的关系进行了某种长时段的引导，佛教作者怎样宣传他们关于生育与死亡的理论。这些理论是围绕罪、报与女性生育等概念的。作者也试图通过对新主题的研究，提供一个新的角度来看佛教史。作者把他的书称作是四至十三世纪中国佛教家庭宣传的研究，所用的史料首先是当时所创作的伪经，这些伪经赋以家庭新的形式。作者的兴趣是考虑用当代人类学的方法来写中国佛教史，主要是佛教版的家庭价值史。可见，作者关心的是长时段的中国佛教史，关心的是中古价值观念，这些主题可以看作是西方五六十年代思想社会史的延伸。著名佛教史家许理和的《佛教征服中国》是二战后西方社会史影响佛教史的一个典型代表，全书围绕论证所谓佛教征服中国的历史就是“士族佛教”（Gentry Buddhism）成立的历史。正如寇氏所说，“佛教家庭价值的研究紧随最近佛教研究中一种寻找使社会维度更为丰富的趋势”（第6页）。这种研究佛教与社会诸主题的趋势体现为下列学者的著作：佛雷（Bernard Faure）、贡布里希（Richard Gombrich）、哈代克（Helen Hardacre）、肖本（Gregory Schopen）、斯皮罗（Melford Spiro）、昙比亚（Stanley Tambiah）、太史文（Stephen F. Teiser）。作者在讨论主题时，假设宗教是意识形态的一种形式，所以在关于宗教与意识形态问题上，作者说他受益于建立社会批判理论传统的这样一些学者：费尔巴哈、马克思、尼采、弗洛伊德、福柯。寇氏的理论与方法得益于以上两类学者。中国学者对于后一类学者并不陌生。

作者比较了中国传统儒家版的“孝”和佛教版的“孝”。在中国儒家经典中，儿子与父亲的关系是家庭中的主要关系，儿子把自己的出身与父亲和家族中的男性祖先联系在一起。佛教版的“孝”强调儿子在童年时期所受母亲的“恩”，包括“怀恩”和“哺乳”之恩。 最后作者总结出佛教版的“孝”作为一个从个人到公众再回到个人的三角循环：1）儿子对母亲怀着感恩之情，2）这种感恩之情需要通过赞助佛教寺院来回报，3）佛教寺院宣称这种赞助能够把赞助者的母亲从地狱中拯救出来，从而解决家庭中的“感恩危机”。所以，佛教逐渐向民众宣传他们的新主张：男子只有通过成为一个好的佛教徒才能成为一个好儿子，成为一个佛教徒意味着支持佛教寺院从而提升母亲的命运。在这三者的循环中，儿子实际上是决定性因素。作者想说明正是这种佛教的话语，重新塑造了中古社会民众对于支持佛教寺院的兴趣，使得佛教寺院在中国中古时代，依靠稳固的世俗施舍，长期保持了作为地方文化与宗教中心的地位。

如同西方学术的传统做法，作者在讨论中国佛教史时，除了得出一些该主题内的结论之外，作者还试图得出一些更一般的能够影响整个佛教学乃至宗教学的结论。 比如作者比较了佛教作为一种世界性宗教和基督教分享的一些基本概念，比如“罪（恶感）”与“焦灼感”，认为它们也是佛教的基本特征。作者重新检视了西方佛教学界对佛教中“罪”这一概念过于忽视的趋势，他趋向于把它当作佛教中的中心概念。中国佛教中的“罪”应该包括三个层次：母亲的罪，扩大到一般意义上的女人的罪；儿子对母亲不孝顺的罪；儿子不支持佛教寺院（使母亲受难）的罪。他进一步提出不像有些学者所说“西方宗教的焦灼感不同于东方宗教如印度教与佛教的宁静感”，认为佛教也有对“罪”的“焦灼感”，没有这种“焦灼感”，佛教将不成其为佛教。作者实际上提出了超出本书范围的一个更一般意义上的新问题。

第二章开始讨论儒家情结，即通过讨论儒家版的“孝”来找到其中的矛盾，这种矛盾为今后佛教版“孝”的引入提供了可能性。其讨论模式是典型的提出问题，解决问题模式。作者把儒家版“孝”的基本特点归结为三点：（对父母的）报；（对父母的）服从；培养家庭与政治的权威。然而，在这之中，男性占据主导地位，家庭的传承是父子相续制。其矛盾在于：无论男子在家庭中取得多大的权力，家族中总有其他男子在时间上（如他的男性祖先）或地位上（如他的父亲）高出他，父子之间存在某种紧张关系。母亲当然也是“孝”的对象，但从来不是唯一的对象，在儒家经典中常常是“父母”并举。女子的重要性在于当她加入家庭之后，成为家庭期待新一代男子降生的希望所在，一旦她为家庭生育儿子，地位也开始稳固，否则有被送回娘家的可能。作者也提到道家对“孝”的看法。通过分析《道德经》中关于大道为阴性、为一切之母的说法，他称之为道家的“怀旧情结”。

从第三章开始讨论中国佛教伪经中“孝”的观念的演变。

第三章和第四章分析一些六世纪以前的伪经，这些伪经的主题都是宣扬儿子必须赡养父母,反映了早期中国佛教“孝”的发展。第三章作者分析的伪经有《父母恩难报经》、《灌腊经》、《那舍因缘》。《父母恩难报经》只是简单地从印度佛经中提取部分段落，拼成一经，讲述儿子对父母的受恩与义务。《灌腊经》初具宣扬七月十五公众供养佛教寺院思想雏形，七月十五以后演变成“鬼节”（盂兰会），它也试图结合对寺院的供养与拯救供养者的祖先与亲属两种思想。《那舍因缘》显示佛教早期的“孝”不是必然集中于母亲，但是进一步推进了鬼节的出现。三部伪经都有试图建立佛教家庭价值的趋势，试图建立佛教寺院与家庭的联系。 第四章分析了三部开始集中讨论佛教中母子关系的伪经：宝唱的《优陀罗之母》,《大方便佛报恩经》,《孝子经》。《优陀罗之母》反映两个新趋势，中国佛教徒改写节选自印度叙事题材中的章节使之更有效地服务于母子主题；它宣扬儿子是纯洁有力的佛徒而母亲是不人道的罪者需要儿子使她脱离苦难。《大方便佛报恩经》同样是讲述作为佛教徒的儿子基于受恩于母亲的乳养而试图拯救非佛教徒的母亲。《孝子经》的新特点在于它认为儿子作为和尚住家并受供养是理想模式。

第五章到第八章围绕目连与母亲的关系来讨论佛教版“孝”的发展。第五章是讨论鬼节中的母子关系，作者利用敦煌文书，分析了这样一些伪经：《报恩奉盆经》、《盂兰盆经》、《净土盂兰盆经》。在这些伪经中，目连成为主角。《报恩奉盆经》宣扬目连作为佛教徒的儿子,必须通过“佛教寺院”才能解救母亲。《盂兰盆经》确定每年一度鬼节成为佛教孝的意识得以贯彻的必要仪式。《净土盂兰盆经》使鬼节“大乘化”。因而该经也出现一些新特点，第一次认为母子将要相见；父亲永远是缺失的，目连唯一关心的是其母亲；母亲在儿子心中总是好的，尽管她是罪人。本章的构思是通过分析三部经的结构与内容及内容所反映的佛教家庭观，找出内容与结构的相互关系，从而了解价值观的演变。第六章七世纪佛教精英关于母子的讨论，主要是分析慧净的《盂兰盆赞述》，道世的《法苑珠林》，善导《观无量寿佛经疏》。慧净强调目连的孝与（受于母亲的）乳恩。道世同样强调乳恩，同时开始提到女性的怀孕与生产是肮脏的。善导强调母亲对儿子的生产之恩。第七章讨论了“父母恩重经”与宗密的《盂兰盆经疏》。前者推进了关于回报母亲产恩的思想，后者强调孝也是佛教教义的根本。第八章分析了《目连缘起》与《目连救母变文》。它们只代表敦煌地方特色。两种文献渲染了母亲在地狱中的苦难，并开始强调母亲生产的血腥与不洁，儿子必须（通过佛教寺院）负担拯救母亲的责任。

第九章明显是受到弗洛伊德与福柯的理论影响，进一步讨论“佛教生物学”。作者所采用的材料是《血盆经》，该经出现于十二世纪末，但经中反映的意识与仪式在十二世纪应为人所知，此经广泛流行于元明时代。该经出现几个新趋势：男子的纯洁被女性（的血）破坏；女儿出现；母亲的产血威胁到佛教诸神与教团（实际上指佛教制度）；母亲的罪（因为其生理原因）从行为变为本质，换言之，母亲的罪仅仅是因为她的性别。

在最后一章中作者提出了一些结论：1）家庭价值服务于维护寺院与家庭的互存关系；2）这些佛教文献的中国佛

教作者支持维护传统父子继承制家庭的传承形式。母亲的形象是二分的：母亲的上半部分是乳房和面容，是慈爱；下半部分是生育部分，产血是恶的本质。具体来说，佛教关于母亲的话语是：1）母亲在中国佛教家庭价值中不被崇拜和有好的评价；2）佛教徒从未表示父亲满意于母亲在传承家庭中的贡献，母亲的唯一的与文化和佛教的联系通过儿子进行；3）强调母子之爱；4）母亲的地位受其性别限制；5）母亲总是需要食物，安适和拯救；6）母亲最好的收获不过是免于痛苦。佛教宣传的家庭价值是母亲从中得到拯救，而儿子扮演了拯救母亲的英雄角色，这种拯救的实现有赖于儿子支持佛教寺院并成为一个好的佛教徒。作者也承认佛教关于母亲的话语实际上反映了宗教意识形态对女性的压迫。

正如作者自己所说，他的研究受益于太史文的《中古中国的鬼节》，太史文的研究是在韦伯（Max Weber）影响下用社会学的方法来揭示佛教与中国传统家庭的关系，而本书作者也在分析文献是运用了社会学以及人类学的理论与方法，他引用分析并从“佛教家庭价值史”的角度修正了芮马丁（Emily Martin Ahern）、斯曼（Gary Seaman）、沃尔芙（Margery Wolf）等人研究传统中国社会的一些人类学社会学观点，也推进了从杨联陞到陈观胜到太史文对佛教与中国家庭关系的研究。从中国马克思主义史学观点来看，作者的结论正如他的介绍和引文中反映的，可以找到费尔巴哈、马克思和列宁理论的影子：宗教意识形态比如本书讨论的佛教家庭价值观是套在中国旧社会女性身上的两条绳索：神权和夫权。在我看来，本书的缺陷在于作者只利用了伪经（主要是敦煌文书），而且过多地分析叙事性伪经的情节发展，没有利用传世僧俗史料和碑刻数据，因而结论只限于思想与观念。今后的研究或许可以搜集各种史料，探讨观念与社会的互动关系，书写更为完整的思想社会史。

评太史文《温故知新:中古佛教寺院的转世轮回图》

太史文（Stephen F. Teiser）教授是当代美国中国宗教学界十分活跃的学者，他曾以《中古中国的鬼节》（*The Ghost Festival in Medieval China*, Princeton: Princeton University Press, 1988）一书获得美国宗教学会的最佳新作奖，并以《十王经与中古中国炼狱传统的形成》（*The Scripture of Ten Kings and the Making of Purgatory in Medieval China*, Honolulu: University of Hawaii Press, 1994）一书获得美国亚洲学会列文森奖。而本文所要评介的这本《温故知新：中古佛寺的轮回图》（*Reinventing the Wheel: Paintings of Rebirth in Medieval Buddhist Temples*）系太史文的第三本著作。该书甫一出版，即获得法国金石与美文学院颁发给汉学家的最高奖——儒莲奖（Prix Stanislas Julien）。事实上，中文学界对太史文教授的学术并不陌生。这不仅因为太史文常常参加国内的学术活动，而且也因为他的《中古中国的鬼节》由学者侯旭东译成中文并早已出版。他的第二本书正在由姚崇新进行汉译，可望在不久的将来出版。姚氏亦在《文史知识》2001 年 1 期撰文《太史文和他的中古中国宗教研究》介绍太史文的学术成就。有兴趣的读者或许可以参看。

本文所要介绍的《温故知新》一书，乃是作者继第二本书之后时隔十二年而出版的新书，因厚积薄发，自然引起读者的颇多期待。一读之下，从内容和手法上看，此书和太史文以前学术的重点确有很大不同。从内容上看，太史文以前两本书主要讨论中国佛教传统中的所谓疑伪经（Buddhist Apocrypha），特别是以《盂兰盆经》和《十王经》为中心，通过看这类经典在中国社会中的流行和影响来看佛教思想与中国社会现实的结合和相互浸润。太史文的研究手法，不仅注意利用敦煌出土写本的新材料，更注意结合社会史和文化人类学方法来考察思想和社会的衔接层面。其第二本书的主题对第一本书的主题有所承接，可以看出作者从考察人世的鬼节转向考察死后世界中的地狱与炼狱思想。而其考察的主要地理范围，则主要限定在中国汉文化地区。而《温故知新》虽然也对前两部书的主题有所承接，正如作者交代的，该书肇源于1996年戴仁（Jean-Pierre Drège）邀请他在法国高等试验学院第四部历史语言学部所作的“中国佛教中的死亡”系列演讲，当时他本来只写中国的生死轮，结果后来的研究逐渐超出了中国的地域范围。这本新书由演讲发展而来，讨论六道轮回思想和五趣生死轮，其使用的材料和手法与前两本书非常不同，研究的地理范围也有所扩大，涵盖了西印度，中亚，中国的甘肃、西藏、四川各地，试图提供对生死轮的一个跨地域考察。作者不仅将中国佛教学者视作当然的读者，亦将其他领域的佛教学者甚至宗教学者视作该书潜在的读者。该书大量使用了视觉材料，其着重点在佛教石窟的壁画，而在研究手法上，除继续运用作者十分擅长的文献剖析法之外，亦借重艺术史的考察，并使用了一些新的手法，研究仪式的表演性及其社会史背景，试图揭示思想和仪式并重的中古寺院生活的更为丰富的层面。正如作者所说，传统的佛教研究集中在研究佛教经典、佛教教派、佛教概念，只是较近时候才注意研究佛教仪式、象征和艺术品，所以作者更注意研究轮回图在社会史中的实践表现，他想找到谁绘制、谁用来说法、谁观察、谁聆听这些图的答案。书中附有较多精美图片。另外值得注意的一点是，作者非常熟悉中国和日本学者的研究成果，书中不少分析均利用了中国学者的研究，这在西方学者中十分难得。

该书正文一共分成十章，基本上以生死轮传统发展的年代和地狱展开论述。以下我们介绍各章的主要内容和观点。作者不仅集中在讨论生死轮图像，亦提供了印度、中亚、西藏、甘肃、四川等地的佛教史发展背景，这样从纵横两个方向进行叙述，对于不熟悉这些地区佛教史的读者尤为便利。

第一章首先揭示了有关生死轮（samsāracakra）的一些基本术语，作者指出佛教死亡的概念往往和再生联系在一起，这与现代观念中死亡即结束不同。作者接着描绘了生死轮图像的基本内容。作者还以近代西藏一些生死轮图像为例说明这些佛教基本要素如何在不同时代的图像中有不同的反映。随后作者根据根本说一切有部律的记载，推测生死轮图像至少发源于公元二世纪。并将佛教中以车轮比喻生死轮回的说法追溯到早期佛教的《杂阿含经》以及大乘的《大地本生心地观经》以及《观佛三昧海经》。作者接着回顾了车轮作为早期印度宗教种种教义的著名象征物，并指出佛教作为一种宗教其宇宙观有着无可替代的中心地位。因生死轮回对于佛教而言十分重要，生死轮图像则是佛教阐释痛苦和解脱最重要的手段之一。作者同时主张视觉材料与文献材料对佛教思想而言同样重要，因为中古亚洲的阅读和书写作为特权只属于极少数人。同时，作者亦强调仪式的重要性，试图复原仪式的表演及其象征意义。所以作者一方面试图揭示图像本身蕴涵的佛教观念以及表征，另一方面试图揭示图像生成过程中如何参与社会制度，体现制度中不同群体的权力及其利益。最后，作者还提醒我们跳出当代的政治地理图景去理解中世纪亚洲的宗教图景，佛教应该是一种跨文化、跨地区的复合文化现象。

第二章以《根本说一切有部毗奈耶》中的叙事为中心首先提示了大目犍连的游历所反映的孝道、因果、拯救与四果等思想，接着讨论了世尊如何给四众开示五趣生死轮的画法以及其中反映的佛教宇宙观和各种佛教思想。作者通过细致分析该段落的叙事手法，提出该戒律的编纂者一方面树立了佛陀教导绘制生死轮的权威性，一方面以戒律的形式确定了绘制生死轮对于寺院生活的重要性。第三章讨论 350 至 550 年间西天竺地区窟寺的生死轮图像。作者认为尽管《根本说一切有部毗奈耶》提供了绘制生死轮的一个基本模式，但各种文献对生死轮的记载表现不一。接着作者讨论了印度阿旃陀石窟中遗存的生死轮图像，这些石窟分成用于礼拜的支提窟和用于居住的窟寺两种，而生死轮图像出现在作为窟寺的 17 窟门房（porch）的左墙上。这一图像不是画出五道，而是八道，除五道范围的天、畜生、饿鬼、地狱之外，另加上四大部洲。作者认为这一图像在五世纪的印度即有反映，比如阿旃陀石窟中有生死轮图像表明佛陀被绘在中心位置。但这种包含八道的图像与戒律与譬喻故事中的记载则不同。作者进一步联系这些窟寺的社会史背景来指出它们主要服务于作为统治阶级的檀越、绘制石窟的艺术家以及窟寺中的常住僧人。第四章讨论仙道王的十二缘起图。作者认为仙道王的故事与生死轮存在许多类似之处，重要者有三：两者都显示了十二缘起说，两者都提到了弃世、轮回、法、律、道谛等佛教基本教义，两者均将佛陀置于中心地位。但仙道王的故事更着重业报、守戒、在俗佛教。

第五章讨论南北朝时期中国对生死轮的想象。作者分析了五世纪时王琰《冥祥记》对梦中出现生死轮的记载，并提示五趣中各趣特别是地狱如何在南北朝隋唐以来出现在中国寺院的绘画之中。作者主要利用敦煌石窟中的数据和道宣的《中天竺舍卫国祇洹寺图经》分析了各种佛界和寺院形象在隋唐图像中的再现，认为寺院的每扇墙均可为不同观众绘图。如果唐代的寺院绘制了五趣生死轮，最可能的地方是外围区域的走道周围。第六章研究新疆库车地区库木吐拉 75 窟即一座九世纪禅定窟中遗存的两块很小的生死轮图像。在提示这一地区佛教史背景时，作者敏锐地利用了敦煌出土新罗僧人慧超《往五天竺国传》中对库车地区寺院以民族聚居的观察。作者认为 75 窟铭文主要反映了和《大日经》以及与之相关的禅观内容。作者推测该窟由当地回鹘望族与汉族僧侣共同建造，目的是服务于奉佛的该回鹘望族，但石窟本身乃是为一位以禅观见长的高僧所开。作者指此处生死轮图像是为高僧修炼禅观所用，即用于寺院教育（monastic education）。第七章研究甘肃榆林窟 19 窟门廊进门右侧（南墙）的生死轮图像。该图像被描绘在目连救母变相图的对面，两者占据19窟入门走廊的左右两侧。该石窟最早由一群低阶地方官员开凿于926年，962至964年间由归义军节度使曹元忠及其家族供养。该窟的生死轮图像除了展示佛教经典中的典型说法之外，还体现了地方特色，比如十二缘起的外缘加了两圈，而地狱图景也描绘在轮外。作者分析了该窟壁画的六道轮回图，认为两室结构的石窟反映了佛教的二元主义：前室是有生死轮回的不净地域，而主室则表征为诸佛转化的洁净世界。

第八章研究西藏西部塔波寺遗存的生死轮图像。作者首先介绍了西藏地区历史上特别是七至十一世纪的政治和宗教发展。他主张塔波寺发现的生死轮图像应该置于密教仪式的情境中理解，生死轮绘制在门廊右侧墙，而主室中央供奉密教主尊大日佛，加上其他雕塑和壁画，构成典型的金刚界曼陀罗图景。这样的设置是为了方便信徒来体验与诸佛诸菩萨的接触从而得道成佛。第九章讲四川宝顶山的宋代生死轮浮雕。作者提供了一个对宝顶山生死轮浮雕的唯识学的读法，认为这一生死轮体现了万法唯心的思想。四川的这一生死轮浮雕显示了地方特色，如经典中描绘的十二缘起在这里变成了十八缘起，且在生死轮中以反时针方向诠释。另一个重要的特色是以利爪抱持生死轮的无常魔王坐在一条龙身上。无常魔王像上方则是过去、现在、未来三世佛，表明他们时刻准备帮助在六道中轮回的众生。作者指出宝顶山的特色在于该地区除了汉文化之外，亦受到南诏和西藏文化影响，同时该地石窟的开凿和使用均不限于小部分人，似乎面向广大信徒。

第十章结论部分总结了前面的研究，并提出了一些推论。作者提出这些生死轮图像在结构上有四点特征：首先，每个生死轮都有一个毂，这个毂推动生死轮的流转，它可能是贪嗔痴三毒，也可能是万法唯心的心；其次，生死轮都有轮辐，表现六道众生的生和死的不同形态；第三部分为轮缘，将表现各种思想的子部分区别开；第四部分是生死轮区分内外，总是有一个方形框架，内外之别也是轮回世界与超越轮回世界的分别所在。其次，作者探讨了建筑与听众之间的关系，重申了生死轮在不同地区由不同人建造并服务不同对象的结论，如库木吐拉的小窟属于私人，而榆林 19 窟服务一个家族，塔波窟寺服务地方精英，宝顶山的浮雕面向大众。再次，作者还讨论了地方和经典在叙事、仪式、建筑等方面的不同。作者提出生死轮出自在中国根本不流行的义净译《根本说一切有部毗奈耶》，但却在很多地方有实物体现其思想，这表明所谓经典只是为一种实践提供理论基础。最后作者将艺术的表现与佛教的时间的暂时性特别以无常、死亡、再生、痛苦与解脱结合起来讨论。

该书亦有一些值得补充的地方，这里仅提示一、二例。比如 33 页，作者引用《大乘本生心地观经》说明众生的生死轮回无始无终："有情轮回生六道，犹如车轮无始终"。但该经的性质值得怀疑，参赖富本宏《中国密教之研究》。作者引用《阿含经》来说明早期佛教文献中存在将六道轮回比喻为车轮的记载，他使用了刘宋时期佛陀跋陀罗（394—468）的汉译本。但作者没有注意到，其实早期其他一些译本也有不少关于车轮比喻的记载，如西晋（306—342）法炬译《佛说优填王经》（*T*. 12, no.

322: 72a,《宝积部》)："常在三恶道，宛转如车轮。"(但此经的真实性值得怀疑，文中有死后入太山之句应当是中国观念)北凉昙无谶(385—433)译《悲华经》(*T.* 3, no. 157: 201c《本缘部》)："周回生死，五道之中，不得休息，譬如车轮"。这些文献的译出均要早一些。

60 页作者将《根本说一切有部毗奈耶》有关生死轮一节所提到的生死轮绘制的地方"寺门屋下(simen wu xia)"译成 beneath the room at the gate of the temple 也许也值得商榷，可能应该读成"寺门屋下(si menwu xia)"。类似于"寺门屋下"的说法在该文献中尚多,多以"门屋下"的形式出现,兹举两例为证。其一，该书卷三三云"(苾刍)若在门屋下或在房门前，或令女人独于此处摩煮诸药，大开其门，来往诸人皆得见者，无犯"(*T.* 23, no. 1442: 808a)；其二，该书卷三九云"时有苾刍畜一求寂，夜令出宿。有罪恶苾刍从外来至,问求寂曰:汝于今夜何处当宿?答言:于门屋下。时彼师主闻其语声,问言:彼说何事?弟子具答"(*T.* 23, no. 1442: 839c)。这里当然可以解释为房屋，但似乎应被理解为"门屋"更为合适，因此"寺门屋下"是否可以翻译成"beneath the gate-room of the temple"呢？事实上，在第三章，78 页作者比较了《根本说一切有部毗奈耶》中的记载"寺门屋下"和 *Divyāvadāna* 中的记载"in the entrance hall(dv ā rakostake)"，并认为两者不同。如果我们将寺门屋下理解为寺院的门屋之下，则两处记载并无分别。在 85 页，作者提供了阿旃陀 17 窟的线描图，很明显，五趣生死轮被描绘在所谓 porch 两侧的墙上。而这个 porch 即是"门屋"或者现代用语中更通俗的所谓"门房"、

“门廊”。在 164 页则有榆林 19 窟的线描图，显示生死轮的图像出现在进步走廊的右手，这个走廊不算真正的门屋，但可看作是门廊。在 193 页，作者也提到在西藏塔波寺生死轮被绘制在“entry hall”，似可称作“门堂”，线描图见 201 页。

还有一些小错误属于笔误或印刷错误。比如 261 页讨论戒律在华传播史时将在南朝和北朝分别流行的《十诵律》和《四分律》讲反了。这应该是作者笔误。书目中汉字则有不少印刷错误，如 279 页第一行“义行”应作“一行”，十八行中的“贞言”应作“真言”；倒数十三行中的“破僧世”应作“破僧事”；倒数第二行“张颜远”应作“张彦远”。282 页倒数第四行“名纹录”应作“铭文录”。286 页倒数第六行“龟兹石库”应作“龟兹石窟”。296 页倒数第二行“荣新疆”应作“荣新江”。301 页第九行“唐长儒”应作“唐长孺”；倒数第一四行“胡宿馨”应作“胡素馨”。306 页第九行“园廷鹤”应作“袁廷鹤”。

胡素馨：《表演视觉：唐五代中国和中亚的佛教壁画实践》

此书是胡素馨（Sarah E. Fraser）教授在其博士论文（The Artist's Practice in Tang China, Eighth–Tenth Centuries, 1996 年，加州大学柏克莱分校）的基础上进行改订而出版的一部力作。胡素馨，早年毕业于密歇根大学，后师从高居翰（James Cahill）习中国艺术史，在加州大学柏克莱分校取得艺术史博士学位。现任教于美国西北大学艺术史系，已经获终身教职。因胡教授研究敦煌艺术史有年，已经在欧美和中国发表一些中英文文章，本书让学界期盼已久。出版后引起北美中国艺术史学界诸多评论，如堪萨斯大学倪雅梅（Amy McNair）发表在《亚洲学刊》（*Art Bulletin*, 2004 年九月号）的书评、王德比尔特大学米勒（Tracy Miller）发表在《加拿大历史学报》（*Canadian Journal of History*, 2005 年 4 月号）的书评、北卡州立大学史瀚文（D. Neil Schimdt）待发表在《宗教史》（*History of Religions*）的书评、以及杜克大学王静芬（Dorothy C. Wong）待刊于《哈佛亚洲学报》（*Harvard Journal of Asiatic Studies*）的书评等篇。

我们先来看看此书出现的学术史背景以及此书在学术史上的位置。胡教授指出美国的敦煌学研究不像中国、欧洲和日本的敦煌学研究那样有着更为宽广的学术兴趣，而是主要集中在敦煌民间文学和敦煌艺术两个方面，比如我们可以提到这样一些学者：宾夕法尼亚大学的梅维恒、普林斯顿大学的太史文、芝加哥大学的巫鸿、康涅狄格学院的宁强等。而胡素馨此书的贡献在于试图糅合这两个领域从而开辟一个新取径来看敦煌艺术与文化的关联以及画匠在这一关联中的作用。此书的重点在于对佛教艺术的理论和历史阐释，并进一步从敦煌发现的粉本和白描来探讨佛教画匠对于视觉和口述的认知过程。此书主要包括两部分：一是画行的历史与画作的生产，其中包括绘画活动的组织、补偿的方法、认知模式、表达方式、中古艺术的观念等等；二是一些与表演、艺术和口述文化相联系的抽象问题。这种研究路数十分奇特，值得注意。

导论部分的标题是“粉本：历史、主题与风格问题”，主要是概括了全书要处理的材料、关注的重大问题和研究方法。作者此书使用的材料十分不寻常。此书所研究的原始材料主要是长期以来不太为敦煌学界重视的敦煌粉本。而作者关心的主要问题是艺术家所使用的这些稿本与壁画中的定本之间的关系。作者认为壁画的稿本揭示了画家在绘制壁画时的认知过程。作者认为目前敦煌石窟发现的材料可帮助我们判定创作壁画的两个阶段：在纸上绘制稿本的阶段和在墙上完成定本的阶段。据作者统计，共发现了六十五件画家的稿本，包括一些壁画的粉本以及一些洞窟壁画关键人物的画像、粉本、绘画习作等。这些画作的作者可能是属于归义军节度使所设画院或者画行的画匠。这些粉本和白描主要来自敦煌藏经洞。而这个洞中发现的数万号敦煌文书以及艺术品可能来自敦煌地区三界寺的寺院藏经阁（正如读者所熟悉的，这是荣新江教授的观点）。作者本书主要研究的五大主题是白描、粉本、吴道子以来形成的艺术新方向、绘画过程与认知、绘画过程中的表演因素。

和许多研究敦煌艺术的学者不同，此书作者在研究方法上借鉴了认知人类学家的方法。认知人类学家关注认知行为，即人们在各种活动中的思考过程。而胡素馨教授则通过考察藏经洞发现的各个完成阶段的粉本来考察画匠在绘制这些粉本不同阶段的认知过程。这样，作者不但充分利用了目前所能得到的敦煌寺院经济文书来看画匠的组织与报酬，利用敦煌粉本与白描资料来看壁画生产的过程，还利用新的认知人类学方法来处理画匠及其作品之间的认知关系。作者指出通常艺术史学者关心完成后的作品，对于反映画家创作初始阶段活动的半成品没有充分关注。而本书则是为了弥补这个缺陷。

以下介绍此书的主要内容，并指出其每章在处理问题上的主要观点和贡献。全书共包括六个主要章节，加上四个附录，数十幅彩图和黑白图片，印制十分精美。

第一章题为“佛教艺术经济学：报酬与组织”，是利用藏经洞中发现的寺院经济文书来处理敦煌地区画行的组织和运作。其实关于画院与画匠的活动以及画院材料的供应这一课题在胡教授之前已经由一些中、日、法学者加以探讨，比如二十世纪早期日本学者那波利贞（《唐代文化史研究》），中期法国学者谢和耐（Jacque Gernet）（《中国五至十世纪佛教寺院经济》），以及后期中国学者姜伯勤（《敦煌艺术宗教与礼乐文明》）等都有精彩论述。但胡素馨教授更利用新资料补充论证画匠的报酬问题。

她根据白画、粉本、画作、敦煌经济文书等材料讨论官府、画匠、寺院等三者之间的相互关系。据定年为939年的P. 2032号写本中出现的画生一词，胡教授认为敦煌画院的设置最早可能在十世纪三十年代。敦煌保存的粉本主要来自九世纪末和十世纪，即归义军时期。通过举98窟为例，她认为绘制壁画主要反映寺院、画家、官府三大群体的经济关系，画家的工作补偿首先是食物。从一些敦煌吐鲁番文书已经可以看出画师和其他工匠享受类似的法律地位，他们的艺术活只是一种服务，而不是艺术追求。比如，作者还利用吐鲁番文书来研究工匠作坊以及这些工匠的法律地位，探讨工匠与政府的关系。她认为这些有制作木器、铁器、甲器等特长的工匠是以组织单位的形式一起工作，他们甚至用替政府的作坊劳动当作一种纳税来尽法律义务，而这种劳动多半是政府工程的一部分。作者注意到画院成员的等级如下：高级职位有画院使和画行都料使，其次是都料和都工匠，其下是画师，画师之下有画匠、画人、画生、画匠弟子和匠。画院的计划是否完成主要由判官来监督。大型洞窟的绘制计划由都僧统来监督。作者把寺院对画匠的报酬区分为做好的食物与未做好的食物两类。作者注意到一些寺院入破历中细微的词语反映的对画匠的报酬形式包括贴顿和局席等等。作者由此推断其中存在官府捐施寺院、而寺院办素斋款待画匠的关系。同时，寺院还给予画匠许多谷麦作为报酬。可以说这一章的取径没有太多过人之处，基本还是那波以来社会史的路数，注重分析绘画实践中的社会阶级和经济关系。但比前人增加了粉本、白画等新资料，对官府、寺院、画匠三者的相互关系论述也更为清晰。

第二章探讨壁画画匠的认知实践，主要使用的材料是粉本与敦煌莫高窟以及榆林窟十五个洞窟中的壁画。胡教授认为这些洞窟的绘制工程约完成于 862 年至 980 年，内容大约 66% 是重叠的，可能存在长达一个世纪之久有组织绘制壁画的模式，而主要证据来自藏经洞中所发现的九至十世纪的粉本。所以本章着重研究粉本、壁画、画家实践的相互关系。因为这些洞窟的形制十分类似，壁画的内容多有重复，所以或许可以重建画匠对于壁画的谋篇布局以及绘制过程。胡教授统计的总共 65 件粉本是中古时代中国和中亚地区仅存的艺术史资料，因而这些粉本的功能和意义十分值得探讨。她把这些粉本分成五种，三种用于绘制壁画，两种用于绘制绢画。她从比较的视角指出在欧洲绘画史上特别是文艺复兴时期，素描备受重视，因为它反映了艺术家的洞见和能力，但在中国和中亚极其不受重视，所以流传和保存下来的粉本很少。接着她比较了莫高窟和榆林窟壁画的主题与粉本的主题，她发现前面提到的十五个洞窟主要有六个主题，而其中五个主题最易确认：弥陀经变、金光明经变、弥勒下生经变、降魔变、维摩和文殊辩论图。然后她举了几个粉本和壁画的例子来说明画家的绘画实践，比如敦煌文书 P. 2868 上的粉本与敦煌 217 窟人物的造型和位置安排；196 窟的壁画弥勒下生经变与粉本的关系；斯坦因藏品 83（1）号绘画金光明经变、敦煌莫高窟一些洞窟的降魔变壁画等。她认为粉本作为底本主要反映画匠个人创作的考虑，而不是提供一个可公用和流通的范本。通过对降魔变壁画与粉本的研究，胡教授认为这些粉本可能是画匠创作壁画的参考，可分为两种，一种是画匠在一大片墙上作画时使用浓缩大量信息的认知地图，另一种是对个别关键人物和重要场景的细节描绘。这样的粉本给画匠在每个洞窟中绘制上千个人物时提供对称感和一致感。她考虑到研究的十五个洞窟有归义军时期曹氏等大族修建的背景，因此上述主题可能主要服务于这些大族。她还认为画匠设计建造的敦煌洞窟受到中国本土木建筑寺院的影响，96 窟即为一证，其九层楼形式其实和佛塔结构类似，窟顶则可能受传统墓室屋顶装饰的影响。这一说法很有意思。最近一些年学者讨论中古时期粟特墓十分热烈，但似乎尚未有人特别留意比较粟特墓中棺床屏风壁画与中古洞窟壁画的主题与风格比较问题。

第三章题为“敦煌素描的影响：粉本与白描”，从以下三个方面来讨论敦煌素描与传世绘画手册与鉴赏指南的关系：粉本与抄本、归义军时期壁画的缩图素描与和素描风格的文人化、以及前白画时代开始的绘画实践发展。胡教授指出雕版印刷术虽然发端于佛教文化并于十世纪开始在蜀地运用于刻印佛经，但绘制佛像的手册并未随之被广泛印刷流通。这个问题十分重要。中国九世纪以前的素描最早出现的时间和功能苦于缺乏史料目前尚不明确。最早保存下来的材料是出土于高昌墓葬中的北凉粉本。九、十世纪的粉本则见于敦煌藏经洞，而唐代粉本的叙事风格和主题可能都影响到后世的艺术家，胡教授举的例子如李公麟的《九歌》。她还指出，白描最初其实只是作画的基础，后来在十一世纪获得一种具有独特风格的、已完成画作的地位，从而从白描变成所谓白画，比如李公麟和苏轼的作品。这可以说唐代白画作为未完成画作到北宋白画作为一种独特风格画作的变迁。

第四章题为“幡画与仪式实践的图形：两种粉本的附加形式”则把目光投向大量保存在藏经洞中的幡型绢画和特别制作用于僧人日常禅观和诵经的图形。绢画的素描和最后真正完成的作品不如壁画及其素描的差别大，因为材料不同，且壁画不能移动，但如以表现人物图像而言则绢画仍和素描在细节上有所不同。用于宗教仪式实践的图像以曼陀罗和陀罗尼最为常见。这种粉本通常更注重细节，即对细节表现更为细致。甚至在 P. 2012 号粉本上还有文字标注，但不是画作指南，而是佛教仪式指南。

第五章讨论“表演：口述性与视觉性”。这是梅维恒教授在《变文》和《绘画与表演》两书中讨论过的主题，但侧重于讨论表演者和讲经师以及变文传抄者以及流通者之间的关系，而胡教授试图把画匠也纳入讨论之中，来看画匠和变文以及讲经文的作者在同一主题上是否有同样的信息来源，以及怎样表现这些同样的主题。应该说这是十分新颖的角度，可以作为梅维恒教授看图说话说以及巫鸿在讨论变相时认为壁画不用于说话观点的另外一种解释。她以降魔变为例讨论了这一问题，认为壁画是发生在洞窟之外讲经故事的索引，坚持认为绘画为早期佛教白话文学的奠基发挥巨大作用。她讨论了《贤愚经》和降魔变在归义军时期流行的文化和社会、政治背景。特别主张戴密微《吐蕃僧诤记》中揭示的八世纪晚期的辩论传统可能对九、十世纪敦煌降魔变的重要性和流行产生一起的影响，因为八、九世纪吐蕃在敦煌的统治必定产生一定的历史影响。同时降魔变的流行跟后来归义军的统治者曹氏家族也有莫大关系。随后作者分析了降魔变内容在壁画作品中的变化，注意到九世纪中叶以后绘画的重点转移到劳度叉和舍利弗斗法的最后一节。她认为绘画的画匠把口头讲经中的叙事固定化了，即壁画是和变文一样都来源于表演，但很难决定绘画和文本两种传统的先后顺序，因为很难了解画匠究竟读过何种文本。然而壁画的粉本提供了画匠制作绘画的场景的先后顺序和重点。在作者看来，在归义军时期，变文和变相粉本的作者们显然不可能是同一类人，因为变文作者可能受教育程度和社会地位均较高，而变相粉本作者地位不会很高，注重绘画技巧，且文字水平不高。他们两类人的头衔也很不一样，文本作者在敦煌文献中以写经生、抄手、经生、书手等出现；而画匠头衔有画匠、画人、画师、画生等。因而，敦煌文献给我们思考许多问题的机会，比如画匠的技术水平、劳动分工、绘画实践，他们与寺院以及写经生等群体的关系等。

第六章题为“素描，表演，与唐代中国的自然性”主要是总结，着重探讨由前面讨论引发出的美学问题及其历史上下文。作者依靠大量敦煌粉本和白描资料讨论了素描作为一种艺术地在社会史中的实践，现在可以结合传世文献来讨论素描作为一种实践在中国画论史上的地位变化。作者指出，在晚唐逐渐出现素描被批判性接受的现象，而在此之前，中国绘画批评家主张一种自然的创作。比如唐代张彦远的《历代名画记》主张绘画和书法上的艺术家，特别比如吴道子，都有一种依靠本能而不是后天学习的技巧，即追求一种不以长期素描为基础而是自然而然创作的作品，也被称为造化或神助。作者举敦煌文书 P. 2762 为例，甚至敦煌 156 窟的建造上也有所谓自然造化说。在这种艺术观中，艺术创作的积累过程被完全忽视。作者随即追溯到传统道家特别是庄子思想的影响，并比较了禅宗渐悟与顿悟和唐代美学理论的相似性，从而推测九世纪可能禅宗思想与当时的美学存在着交流。此书着重讨论绘画，对书法着笔不多，但她的一些分析和思考也值得我们在研究书法时拿来参考。我们知道，敦煌文献中有不少官方写经，也保留了一些官方写经生的材料，还留下不少联系写经的卷子，均可作为进一步研究的资料。

书中翻译中文史料不多，但给许多专有名词给出了翻译，而有些翻译不是很准确，比如 175 页，作者把法律译成 administrative monk，把都僧统译成 monastic controller，都不太贴切；259 页，新集书仪被译成 new collection of letters and rites，此处书仪不应该译成两个名词。另有一些中日文书名人名中出现的印刷错误（如竺沙雅章 Chikusa Masaaki 误作 Chikasa Masaaki），不予一一指出。

评穆瑞明《佛道面对面：中古的经典、仪式、图像之交流》

穆瑞明（Christine Mollier）的《佛道面对面：中古的经典、仪式、图像之交流》一书出版之后立刻获法国金石与美文学会颁发的汉学儒莲奖，值得向中文学界作一介绍。以下将先介绍作者的学术背景、写作该书的背景，再提示全书的主要研究旨趣。

穆瑞明任职于法国国立科研中心，专长为中古道教研究。她在法国受到巴黎汉学和敦煌学两方面的文献学训练，其最重要的导师为施舟人（Kristopher Schipper）与苏远明（Michael Soymié）。她在二十世纪八十年代师从著名道教学者施舟人，开始学习道教。后来又于1989—1995年加入法国国立科研中心敦煌学家苏远鸣领导的团队，从事伯希和藏品的整理编目工作，并开始注意《三厨经》，后来她对这一文本的研究作为第一章收入《佛道面对面》一书。她还在1998—2000年参加了由郭丽英组织的法国佛教疑伪经研究小组，所以对佛教方面的文献也不陌生。她曾在2002年春季学期任芝加哥大学神学院沼田访问教授（Numata Visiting Professor），与芝加哥大学东亚系夏德安（Donald Harper）合作。她在神学院的研究生课程即为《佛道面对面》。在出版这本《佛道面对面》之前，她出版了一部研究《洞渊神咒经》的著作[①]。这本《佛道面对面》秉承了法国汉学重视文献分析的传统，更利用夏威夷大学出版社在亚洲研究出版上的印刷传统，尽可能付印了书中出现的专有名词的汉字，十分便利读者的阅读。

中古时期的佛道关系，历来是佛教和道教学者均十分关注的内容，在中日学界和欧美学界都吸引了很多学者。穆瑞明在对学术史的回顾时，特别提到欧美的佛教学者一直非常重视研究佛道之间的相互影响。她特别提到了和她有过交往的两位开创者许理和（Erik Zürcher）与司马虚（Michel Strickmann）。她认为许理和对佛道关系的研究可能受到当时施舟人领导的道藏研究计划的启发。这一计划经过数十年的努力，最终在 2004 年由芝加哥大学出版社了《道藏通考》一书，主编为施舟人与傅飞岚（Franciscus Verellen）[②]。许理和在八十年代初发表了两篇研究佛道关系的重要文章，注重佛教对早期道教文献的影响[③]。如果说许理和的研究出发点是佛教，而司马虚的研究则更注重从道教的角度来看它对佛教的影响，如对六朝时期出现的《灌顶经》

① Christine Mollier, *Une apocalypse taoïste du début du Ve siècle: Le Livre des Incantations Divines des Grottes Abyssales*, Mémoires de l' Institut des hautes etudes chinoises, vol. 31, Paris: Collège de France, 1990.

② Kristopher Schipper and Franciscus Verellen eds., *The Taoist Canon: A Historical Companion to the Daozang*, 3 vols., Chicago: University of Chicago Press, 2004.

③ 这两篇文章为：Erik Zürcher, "Buddhist Influence on Early Daoism: A Survey of Scriptural Evidence", *T'oung Pao* 66（1980）, pp. 84–147; "Prince Moonlight: Messianism and Eschatology in Early Medieval Chinese Buddhism", *T'oung Pao* 68（1982）, pp. 1–75.

的研究[①]。她还回顾了日本学术界的佛道关系研究，特别是吉冈义丰在二十世纪五十年代到七十年代出版的三卷本《道教与佛教》。当时西方学术界尚没有开始进行这一领域的研究。西方在佛道关系上真正重要的研究始自许理和，后来陆续有施舟人、司马虚、柏夷（Stephen R. Bokenkamp）等人的成果。柏夷的早期灵宝经研究贡献卓著。他曾在加州大学伯克利分校曾师从薛爱华（Edward Schafer）和司马虚，在 1997 年出版了《早期道教文献》一书[②]，后来在 2007 年又出版了《祖先与焦虑：道教与转世的出现》一书，专门研究六朝时期佛教转世轮回思想对道教的影响[③]。九十年代还有孔丽维（Livia Kohn）与傅飞岚从佛教和道教护教文献（apologetic literature）的角度来研究佛道关系，前者出版了研究《笑道论》的著作，后者发表了有关道教护教传统的相关文章[④]。另一方面，穆瑞明也回顾了佛教疑伪经的研

---

① Michel Strickmann, "India in the Chinese Looking-Glass", in Deborah E. Klimberg-Salter ed., *The Silk Route and the Diamond Path*, Los Angeles: University of California Art Council, 1982, pp. 52–63; "The Consecration Sūtra: A Buddhist Book of Spells", in Robert Buswell ed., *Chinese Buddhist Apocryphal*, Honolulu: University of Hawaii Press, 1990, pp. 75–118.

② Stephen R. Bokenkamp, *Early Daoist Scriptures*, Berkeley: University of California Pres, 1997.

③ Stephen R. Bokenkamp, *Ancestors and Anxiety: Daoism and the Birth of Rebirth in China*, Berkeley: University of California Press, 2007.

④ Livia Kohn, *Laughing at the Tao: Debates among Buddhists and Taoists in Medieval China*, Princeton: Princeton University Press, 1995; Franciscus Verellen, "Evidential Miracles in Support of Taoism: The Inversion of Buddhist Apologetic Tradition in Late Tang China", *T'oung Pao* 78: 4–5（1992）, pp. 217–263.

究，指出在这一领域有司马虚、巴斯维尔（Robert Buswell）[①]、太史文[②]、夏富（Robert H. Sharf）[③]、傅海波（Herbert Franke）[④]、富安敦（Antonino Forte）[⑤]、郭丽英[⑥]、矢吹庆辉、牧田谛亮、落合俊典等人做出的贡献[⑦]。

穆瑞明认为前人的研究比较注重佛道教义方面的辩论，而她在《佛道面对面》一书中的研究则偏重两教之间交流和竞争上比较具体和实践的方面，她研究的文本是那些如同镜面反射一样出现在佛道藏经中的同类文献，这些文本在以前没有引起学界的重视。这类文本包括本书第一章处理的《佛说三厨经》与《老子说五厨经》，第三章处理的《佛说七千佛神符益算经》

① 如前所引，他编辑了《中国佛教疑伪经》（*Chinese Buddhist Apocryphal*）一书。

② 他出版的两本着作主要研究《盂兰盆经》和《十王经》；见 *The Ghost Festival in Medieval China*, Princeton: Princeton University Press, 1988; *The Scripture on the Ten Kings and the Making of Purgatory in Medieval Chinese Buddhism*, Honolulu: University of Hawaii Press, 1994.

③ 他对《宝藏论》的译注，见 *Coming to Terms with Chinese Buddhism: A Reading of the Treasure Store Treatise*, Honolulu: University of Hawaii Press, 2002.

④ 他对《北斗经》的研究见 "The Taoist Elements in the Buddhist *Great Bear Sūtra*（*Pei-tou ching*）", *Asia Major* 3/1（1990）, pp. 75–111.

⑤ 见 "The Relativity of the Concept of Orthodoxy in Chinese Buddhism: Chih-sheng's *Indictment of Shih-li and the Proscription of the Dharma Mirror Sūtra*", in Buswell ed., *Chinese Buddhist Apocryphal*, pp. 239–249.

⑥ Kuo li-ying, "Sur les apocryphes bouddhiques chinois", *Bulletin de l'École française d'Extrême-Orient* 87/2（2000）, pp. 677–705.

⑦ 牧田谛亮在 1976 年出版了《疑经研究》一书；后来又和落合俊典主编了《七寺古逸经典研究丛书》，从 1994 年至今陆续出版了七卷。落合俊典目前在国际佛教学学院大学主持奈良写经读书班，参加者包括来自关东、关西各地写经研究者。

与《太上老君说长生益算妙经》。中唐时期是佛道两教之间互相抄袭对方经典文本的高峰期，这一时期出现了很多佛教和道教内容和形式极为相似、主题相同的经文。第二章则处理道教《太上老君说解释咒诅经》，此经乃是唐代道教应对佛教《佛说咒媚经》的产物。第四章处理《佛说北斗七星延命经》及其道教的对应文本在敦煌文书中的遗存及其意义。第五章处理道教如何利用佛教的观音模式在性格、功能、称号与形象等方面创造出自己的救苦天尊。作者注重分析文献，但其关注点则是文献所反映的诸如符咒、打坐、修持、称名等种种仪式以及长生（longevity）与不死（immortality）、救世（salvation）、祛鬼去病等重要宗教主题。这些章节之间存在一些关联，如作者讨论第三章中的《益算经》也牵涉了第一章对行厨的讨论以及第四章对北斗七星的讨论。

具体而言，第一章讨论佛教和道教类似文献中的天厨思想与实践。这些思想与实践涉及佛教斋会和道教醮会，主要仪式包括设斋、设醮、启请、诵咒等等[①]。这里主要分析数种和天厨有关的敦煌写经，如《佛说三厨经》、《佛说停厨经》，以及在敦煌写经基础上发展出来的在高野山写经《佛说三停厨经》。作者依据敦煌写本 S. 2673、S. 2680、P. 3032 等文书提供了《佛说三厨经》的英文译本。该经的主要内容为诵咒、启请、禅定等等，主要宣扬一种在掌握协调阴阳之气的情况下得以长生不老甚至

---

① 吕鹏志《唐前道教仪式史纲》（中华书局，2008 年 12 月）探讨了各类南北朝时期出现的道教仪式，其中很多仪式与佛教联系密切。

不死的实践。尽管主旨在于谈佛教修行，此经在很多术语和修行技术上明显借鉴了道教。因为这些内容可在道教版的《老子说五厨经》中找到很多出处，杜光庭编集的《道教灵验记》中收录的《僧行端改五厨经验》专门斥责了佛教僧人行端因为窜改道教《五厨经》受到惩罚。接着作者追溯了《老子说五厨经》的起源，认为该经形成于七世纪末八世纪初，该经可能是葛洪《抱朴子》一书中提到的早期《行厨经》与《日月厨食经》的改写本。而行厨在早期道教的实践也出现在葛洪编集的《神仙传》中[①]。早期上清运动追求的主要目标之一就是得到坐致行厨的力量。在早期汉译大乘佛经中也有类似的在修持过程中以神通获得食物的概念。最后作者指出道教的辟谷与佛教的素食在很大程度上反映了宗教传统仪式和苦行修持的一些普遍性。她还认为这一《三厨经》的流行可能也在很大程度上反映了当时人为了在饥荒中生存转向宗教修行方式的一种境况。

第二章则主要从教义、语义、仪式和历史上下文等方面讨论《佛说咒媚经》和《太上老君说解释咒诅经》中所见相似的佛道咒术，包括巫蛊、咒诅等等。这一章也提供了这两种经文的英译。这一章的讨论在很大程度上继承和推进了以前司马虚对道教和密教相互关系的研究。作者通过分析敦煌和四川的佛

---

① 有关《神仙传》的研究，可参见康若柏《与天地同久：葛洪〈神仙传〉译注与研究》(Robert F. Campany, *To Live as Long as Heaven and Earth: A Translation and Study of Ge Hong's Traditions of Divine Transcendents*, Berkeley: University of California Press, 2002)；同作者《修仙：南北朝时期的隐士与社会记忆》(*Making Transcendents: Ascetics and Social Memory in Early Medieval China*, Honolulu: University of Hawaii Press, 2009)。

教文献与图像材料说明中古时期咒诅是当时普遍流行于众人之间的令人恐惧的心理感受。而在道教中，咒诅不如在佛教中受重视。她指出，宋以后道教才在密教和官方对边疆地区巫术妖魔化的气氛下开始更多关注咒诅。她在分析了《佛说咒魅经》与《太上老君说解释咒诅经》两经之后认为后者是唐代道教对佛教驱咒经文的反应，类似于《化胡经》。随后作者还分析了经文中提到的具体仪式技术。

第三章主要比较佛道两教中追求长生不老的两类经典，特别是敦煌出土写本《佛说七千佛神符益算经》与《太上老君说益算神符妙经》。她先介绍了两部经文十分类似的情节，然后讨论了经文中提到的延命方式，如诵经、持咒、供香、斋戒等等，并指出两类经文均有启请六甲的仪式，而六甲出自道教，如早期道教文献陶弘景编集的《真诰》中已有六甲的纪录。她认为这一道教的六甲观念也被佛教文献借鉴。她还分析了《太上老君说益算神符妙经》中的十五种符，包括五种护命符和十种厌鬼符。

第四章分析东亚地区广为流传甚至有回鹘文、蒙文和藏文译本的也和延命护身思想有关的《佛说北斗七星延命经》。该经在 1990 年才因为傅海波的论文而为西文学界所知，傅海波指出该经在元代广为流行，并被译成多种中亚语言，但其源头应属于道教。此经声称由婆罗门僧在唐代由西域传入，以七种符对应七星，主张人们供养七星以延命。穆瑞明称之为七星信仰。随后她分析了这种信仰在密教中的渊源，特别指出这种信仰与善无畏弟子僧一行杂糅中印思想编集而成的《梵天火罗九曜》中提到的《葛仙公礼北斗法》的联系。她注意到一行的作品和另一种密教作品《北斗七星护摩秘要仪轨》均引用了《禄命书》，而密教大士金刚智也极力推行他的《北斗七星念诵仪轨》，这说明密教在发展过程中吸收了中国本土的道教延命仪式，并试图以镇护唐朝政权的面貌获得官方承认。她还研究了这种葛玄的礼北斗法在敦煌归义军时期日历中的运用。她认为虽然这一形成与元代的佛教《北斗经》以及宋代的《太上玄灵北斗延生真经》之间很难建立直接的联系，但道教一些注疏中描述的具体仪式非常接近敦煌归义军时期翟奉达所用日历中的七星信仰仪式，特别是它们所运用的地图和图像，可能都来自上清派的图录。

最后一章比较佛教的观音与道教的救苦天尊，该救苦天尊信仰约成形于隋代，其功能和佛教观音极为接近，而描述这一道教新神祇的重要文献则是约成形于唐代的《太一救苦护身妙经》，这一文本在很大程度上可以看作是道教版的《法华经·观世音普门品》。作者也提供了该经的英译本。该经中所反映的救苦天尊和观音在某些方面不同，如他作为慈父而非女性形象出现，其特点是圣、尊、贵、灵，也和观音不同。但与观音极为相似的地方在于他的称号“寻声救苦天尊”,正好对应佛教的“观世音菩萨”，而人们通过念诵其称号可得救助，以及救苦天尊可神通变化救助世人方面也和佛教观音信仰一样。作者还研究了四川及重庆等地道观中供奉的救苦天尊的塑像，认为其在道观中的地位实际上和观音在佛寺中的地位类似。佛教版的观音已经由哥伦比亚大学的于君方教授做出了极为详尽的解释[1]，而穆瑞明在此书中对道教版观音的研究在很大程度上可以对我们理解观音对中国宗教的影响提供一个新的角度。

实际上，很多相关的佛道仪式如诵经、持咒、设斋、设醮等等都值得仔细做个案研究，在目前的学界也的确出现了这一趋势。郭丽英长期研究《佛名经》的持诵，并即将出版多年来对《佛顶尊胜陀罗尼经》的研究。太史文目前在研究敦煌文书中发现的佛教斋文，其成果包括在《泰东》杂志“杜希德纪念专号”发表的《庄严亡者：关于中国佛教仪式文献语言的札记》[2]。柏刚（Paul Copp）目前也致力于中古时期持咒的理论与实践。他在普大完成的博士论文主要研究《佛顶尊胜陀罗尼经》的流传，现在主要研究《大随求陀罗尼》。2010 年 3 月在费城召开的美国亚洲学会（AAS）年会上康若柏组织了一个小组《斋：南北朝时期斋戒之诸多含义》（Session 97: Zhai: The Meanings of Periodic Abstinence in Early Medieval China）专门讨论佛道视野中的斋仪，包括以下三篇文章：Sylvie Hureau, “What’s Behind the Word Zhai? A Case Study in Cross-Cultural Adaptation”; Robert F. Campany, “The Meanings of Zhai in Early Medieval Chinese

---

① 参见于君方著，陈怀宇、姚崇新、林佩莹译《观音：菩萨中国化的演变》，台北：法鼓文化出版社，2009 年。

② Stephen F. Teiser, “Ornamenting the Departed: Notes on the Language of Chinese Buddhist Ritual Texts”, *Asia Major* Denis Twitchett Memorial Volume, Third Series vol. 22, part I,（2009）, pp. 201–237. 此前他发表了“为亡者愿——敦煌仪式文类定义初探”一文，载李丰楙、廖肇亨主编《圣传与诗禅——中国文学与宗教论集》，台北：中研院文哲所，2007 年，283–307 页，谢惠英译。

Buddhism"; Stephen R. Bokenkamp, "Gesture, Word, and Intention: The Early 5th-Century Lingbao Zhai". 柏夷目前的关注点也正是灵宝斋仪。

评孔丽维《中古道观生活：一个跨文化视野》

孔丽维（Livia Kohn）是当代欧美学界著述最宏富也备受争议的道教学家，在2000年领衔主编《道教手册》(*Daoism Handbook*. Leiden: E. Brill，2000）巨制之后，又于2003年推出《中古道观生活：一个跨文化视野》一书（此书的姐妹篇《奉道科戒》已由牛津大学出版社作为美国宗教学会经典译丛之一种刊出）。据作者提示，本书是作者在翻译《笑道论》(*Laughing at the Tao*: *Debates among Buddhists and Taoists in Medieval China*. Princeton: Princeton University Press, 1995）之时因对道教的戒律和道观生活感兴趣之后长达十余年的研究成果。这本书的出版无疑将进一步促进西方学界关注东方宗教中的寺院主义（Monasticism）。东方的寺院主义最近一些年开始成为学界比较关注的对象，这种关注源于西方学界对于一般宗教现象的跨文化理解。2000年芝加哥出版了两卷本长达1550多页的《寺院主义百科全书》(*Encyclopedia of Monasticism*，Chicago：Fitzroy Dearborn Publishers，2000），主要检讨基督教和佛教两种世界宗教传统中的寺院主义。这表明，宗教学界已经加强了对宗教日常生活的关注。许多学者对Monasticism从多种角度用多重解释，笔者仍以字面为据译为寺院主义。本着预流精神，笔者对孔丽维一书中所涉及的一些理论议题甚有兴趣，故撰文予以介绍。

作者在导言中指出本书的重点在于两方面：一是给读者提供一个中国六世纪后期到八世纪中期道观制度建筑戒律和日常行为的概观；二是从比较角度和理论视野提供一个对中国道教寺院（道观）主义的研究。因而每一章都会对道教进行和基督教以及佛教甚至印度教的比较。作者试图把寺院主义看成一个独特的现象，寺院主义是一个整体概念，过往的研究虽然关注一些寺院生活的侧面，但是没有在理论上把寺院生活视作一个整体。另外，作者认为，通过比较研究，可以找出一些佛教和中国传统对道教道观生活影响的深度和广度，以及道观生活中哪些特征是和佛教共通的，哪些是道教特有的。作者比较注重建筑、服饰、日常生活时间表以及行为等因素。

全书的主体部分是除开导言和结论部分的中间八章。第一章“理解寺院主义”是全书的理论基础，讨论了前人对寺院主义的许多定义和作者对寺院主义的理解，以及这种理解怎样适应中国中古道教的上下文等问题。第二章“起源和历史”探讨了中国道观生活生活的起源。作者认为最早的道观主义源于天师道。第三章谈道观生活的图景。第四章探讨道观与社会的关系。第五章探讨道观建筑设置以及其对于道观生活的重要性。第六章讨论日常戒律问题。第七章研究器物和服饰。第八章探讨日常宗教生活中的祈祷问题。本文不准备对每一部分进行详细介绍，主要介绍笔者认为比较有意思的部分章节。第一章尤其重要，值得介绍一些当代学者对寺院主义的讨论。

本书第一章回顾了学界对寺院主义的研究，指出前人对寺院主义的研究主要有三种：一种是历史的研究，这种研究描述了何时何地发生何事，这种研究的重要性在于给我们提供特定时空条件下一些寺院生活的具体信息；一种是宗教经验和精神发展的研究，这种研究集中讨论寺院生活的内在价值和个人修行；第三种研究从社会学角度出发，注重寺院生活的集体层面。接着作者讨论了于尔根斯麦尔（Mark Juergensmeyer）关于寺院主义的四个特征：首先，寺院主义可以被看成是一种个人的精神实践，这种实践服务于个人对于完美生活的追求；其次，寺院主义表明一种和日程社会生活的分离，服膺寺院主义的修行者必须采用新的生活方式，这种新的生活方式是从修行者受戒之后开始的；再次，寺院主义是一种一群有着共同修行目标的同性自愿生活在一起的社区，这种社区依赖类似于家庭形式而不同于正常社会家庭关系的纽带而生存发展；最后，寺院主义显然是日常社会生活的一种替代品，这种替代品发明了特定的宗教戒律、生活模式、日程表和等级结构，来引导其成员的日常生活行为。孔丽维把这些特征看成是目前几乎最全面最深入对寺院主义的理论概括。但是，孔丽维也用其他一些学者对寺院主义的归纳来补充这个最全面的观点。她引用维科曼（George Weckman）在《宗教百科全书》中的总结，也强调寺院主义作为一种制度对于戒律和特定服饰以及器物的重视，强调寺院主义中建筑设置、师生关系以及禁欲主义的特殊意义，强调仪式、祈祷、静修的重要性。在 Kohn 看来，千禧宗教运动也和寺院主义有着密切关系，千禧宗教运动中的神秘能力可能通过在寺院中的修行获得。这些无疑都是本书的理论基础。

在道观生活的起源问题上，作者除了提到佛教的影响之外，还特别研究了中国传统中的苦行者、隐士，即道教中所谓方士与仙人对道观生活起源的贡献。和道教比较，印度古文献《奥义书》所记载的苦行僧和隐修家比较普遍。而在基督教中，一般认为埃及沙漠中的苦行僧是基督教寺院主义的源泉。笔者可以补充的是最近但恩（Marilyn Dunn）更在《寺院主义的出现》（*The Emergence of Monasticism: From the Desert Fathers to the Early Middle Ages*, Blackwell, 2000）一书中把寺院主义两大特征苦行和禁欲实践归结为早期沙漠隐修士们的贡献。孔丽维并认为苦行和禁欲在基督教传统中可以获得超凡能力，这使得寺院主义成为基督教千禧思想的继续。这种理论反射到道教中，孔丽维试图证明早期天师道之所以成为中国道观生活的起源，也在于它和方士仙人的活动以及道教千禧运动分不开，因为方士正是超凡能力的积极寻求者和实践者。笔者赞成这种苦行和对超凡能力的寻求是寺院主义一个重要的方面，在佛教方面，《宋高僧传》中所载道宣律师传记载道宣律师因其苦行和严格遵守佛教戒律，在他跌下台阶时曾获天人相助，并由那吒太子赠得一份佛牙舍利。孔丽维虽在此章提到早期佛教戒律组织寺院结构等方面对于道教的一些影响，但在上述笔者所述佛教在类似奇迹的表现方面，并未措意。在孔丽维的叙述中，最早的道教寺院可能和寇谦之有关。

对于第三章“道观生活的图景”，基于两件最重要的文献《奉道科戒》和《因缘经》，孔丽维集中讨论了道观生活中的若干重要议题：关于“业”的观念，关于“太平”的观念，传统家庭价值对道观内部社会关系的影响，死亡与仙人观。第四章，她讨论了六朝隋唐时代政权与道观建设的关系。基本上，道观不被允许介入政权的活动。她指出，和欧洲中世纪基督教修道院一样，中古时代，道观也不鼓励其成员和外界有太多接触，以免受太多外界诱惑。在这一章，作者特别有一节讨论中古时代道姑的生活，利用杜光庭的记述，指出道姑的品级地位成就服饰和道士大概差别不大。第五章讨论建筑。宗教建筑的考察进来成为学界热点。因为中国中古宗教建筑的地面遗存相当稀有，许多讨论都无法从考古学上得到帮助，更多的是从文献出发，这是和欧洲中世纪基督教修道院的讨论和不同的。作者对于道观建筑的讨论也同样主要以文献特别是《奉道科戒》为基础。她指出早期道教建筑仍然和佛教建筑一样，受中国传统的明堂建筑影响很深。通常，在进门之后，是一系列堂式建筑，在道教中是礼拜三清的天尊殿，而佛教则是佛堂。笔者不甚赞成作者对佛教建筑的评点，实际上，早期佛教建筑仍然主要以可能主要供养佛舍利的佛塔（Stupa）为中心展开，以佛堂为中心的佛教建筑是较晚的发展。孔丽维还注意到各种功用的楼台阁在道教建筑中也十分常见，附属的果园和农园也十分重要。但是她没有提到治疗疾病的场所和公共墓地，而这在佛教建筑中却十分重要。即使是基督教，也十分重视这一点。笔者只举哈维（Barbara Harvey）的一本书供参考《中古英格兰之生与死：寺院经验》（*Living and Dying in England, 1100-1540*: *The Monastic Experience*, Oxford: Oxford University Press, 1993）。既然道观是相对独立的社区，它应该要提供治疗疾病的服务，也应为成员服务到离开此世的那一天，葬礼也应该是道观日常礼仪中十分重要的一个环节。孔丽维还指出十分有趣的一点，道观通常位于容易获得资助的地方。第六章讲道观生活的日常戒律，重点在于吃饭的规章制度以及徒弟和师父的互动关系。佛教中其实有很多可以对比的内容，但孔丽维似乎用力不够，没有展开。第七章讲器物和服饰，这是目前物质文化研究中十分常见的主题。佛教方面的例子可参见 2003 年柯嘉豪刊出的《佛教对中国物质文化之影响》一书。第八章是讲述道教的一些日常仪式。对于十分重要的受戒仪式，孔丽维仅以一节带过。

总之，本书尽管有一些不够细致的地方，它仍然给我们了解道教道观生活一个全新的比较理论化的视野，值得参考。书后所附参考书目十分有用。夏威夷大学出版社以在英文著述中提供中日文汉字方便读者不少，但本书在处理中日文汉字的时候，出现许多偏差，仅举数例，日本道教学家“蜂室国夫”应作“蜂屋邦夫”，日本佛教史家“望月信享”应作“望月信亨”，中村元的“佛教大辞典”应作“佛教语大辞典”（原文的英文作 Bukkyōgo daijiten，不误），日本佛教参考书“佛书戒说大辞典”应作“佛书解说大辞典”，日本佛教史家“佐胜达玄”应作“佐藤达玄”。另有一本英文书书名有误，太史文（Stephen F. Teiser）教授的 *The Yü-lan-p'en Festival in Medieval Chinese Religion* 应作 *The Ghost Festival in Medieval China*（作者可能把太史文的博士论文题目等同于论文出版后的书名，该书中文有侯旭东的译本，题作《幽灵的节日》）。

德雷弗思《双手合击之声：藏传佛教喇嘛的教育》

作者德雷弗思，1950 年生于瑞士西部讲法语的一个小城，青年时代曾游历土耳其，受一些去印度朝圣的同行者启发去印度，在达兰萨拉留学 15 年，于 1985 年获得格西学位。之后留学美国藏学研究的重镇弗吉尼亚大学，取得博士学位，现在执教于美国麻省私立威廉学院宗教系。该书书名源自日本京都建仁寺临济宗 369 代住持竹田默雷（Mokurai Takeda,1853—1932）的语录，显示了作者对禅宗语录的厚爱，但在此书中却是藏传佛教辩经传统中辩经仪式开始的动作，即辩经僧人以双手合击开始辩经。该书是作者对自己 15 年留学藏传佛教寺院生活的一个总结。正如作者坦言的，在尽可能保持学术规范的同时，也带有一些自传的特征。德雷弗思是第一位取得藏传佛教最高学位格西的西方人，第一位“白人格西”，并取得美国著名大学的博士学位，进而成为世界上第一位同时获得西方学术和藏传学术最高学位的学者。除了本书之外，作者还和其他学者主编过几本书，并在 1997 年单独发表《认识真理：法称哲学及其藏传佛教阐释》一书。西方宗教学者留学东方有出家的经历并不鲜见，著名的道教学家施舟人（Christopher Schipper）即长期在台湾道观出家，现任教于法国高等实验学院（École pratique des hautes études）哲学宗教学部；另一位著名藏学家 Robert A. Thurman 青年时代曾在印度达兰萨拉出家，现在是美国哥伦比亚大学印藏佛教研究讲座教授。德雷弗思的经历和作品都值得我们参考。这是笔者介绍该书的主要原因。该书书名显示该书关注的中心乃是藏传佛教的寺院教育，然而该书的偏重则是藏传佛教寺院教育中的经院教育（Scholasticism）。

作者的学术重点之所以放在经院教育，和他个人的学术思想经历和兴趣有着密切关系。他在该书导言中交代了他对西藏关注的心路历程。他早期的经历极富传奇色彩。在他旅行到印度之前，作为受法语教育的青年，和其他 60 年代法国青年一样，尚是一个左派分子。随着 60 年代末期学生运动的终结和苏联侵入捷克斯洛伐克，他开始放弃左派分子的道路，想要找到一条新路。这促使他到亚洲寻找他所成长的西方文化之外的精神资源。尽管全家反对，他放弃了他父亲为他设计的做自然科学家的梦想，开始去东方寻梦。他从瑞士出发，坐火车汽车甚而经常步行穿越东欧、土耳其、伊朗、阿富汗和巴基斯坦，经过三个月到达印度的印度教圣城瓦那纳西。他没有看到期待已久的满街圣人，却发现等待他的是肮脏的满城乞丐。一位偶尔遇到的法国青年告诉他应该去达兰萨拉。他当时对佛教尚没有任何概念。他旅行到附近的鹿野苑，遇到一些当地藏传佛教高级学院的僧侣，使他不再犹豫，在几天之后即赶往达兰萨拉。之后在那里度过了 15 年，直至他取得格西学位。

本书有不少自传的成分，但仍主要基于作者个人在藏传佛教寺院受教育的经历集中讨论了藏传佛教的教育实践，特别强调这么一些实践：诵经、读经和辩经。作者关心的是所谓藏传佛教传统中学术和思想文化，以及这种思想学术文化中的理性和智识因素。在西方学者的意识中，这种理性和智识因素不太容易在东方传统宗教中能找到。而作者在本书中却试图找到这样的传统，并探讨他在受教育过程中体会的理性学术的作用和性质。作者认为通过这种探讨可以克服西方人由来已久的对藏传文化的神秘和浪漫主义过分想象。尽管作者使用了一些自己的亲身经历，但他仍然强调他无意传教，追求一种对藏传佛教教育的真实评价。作者并坦诚他所关注的是特定时空下的对象，即七十年代在印度的藏传寺院。本书虽然覆盖藏传佛教四大宗派，重点仍然在作者受教育的格鲁派。他表明只有在他离开达兰萨拉之后，才开始了解更多关于萨迦派和宁玛派的教育。作者没有谈到西藏地区的寺院教育，也忽略了藏族女尼的寺院教育。

在方法论上，作者显然采用了现今美国学术界流行的人类学做法，亲身经历，参与，与喇嘛僧人交谈，对话，和阅读分析文献交互为用，内部观察和外部了解相结合，力图提供一个更为宽广、历史和现实相互补充的视野。作者把他研究的重点集中在藏传佛教知识分子群体，用他的话来说，藏族精英群体。他认为传统宗教社会中承担文化传统的知识分子在现代社会仍然扮演了十分关键的作用，而不是像芝加哥大学的 Edward Shils 所说的传统知识分子逐渐代表一个已经落后的逝去的过去。作者指出，本书虽然谈教育，重点在于学院主义（Scholasticism），而非寺院主义（Monasticism）。他非常不同意西方现代学者对学院主义只关心意义不大的皓首穷经式讨论的偏见，他认为学院主义更应被视作是一种思想实践，一种表达和思考、辩论的实践，一种不仅是建立信仰和理性理解之间关系的实践，更是一种沟通权威和解释之间关系的实践。所以本书集中讨论三种学院主义实践：记忆、注释和论诤。

全书除开导论和结论之外，共包括三部分，十四章。第一部分包括前三章，提供一个藏传佛教的概观，作为第二部分讨论寺院内部思想实践的历史和文化背景。第一章是藏传佛教简史。第二章讨论藏传佛教寺院主义的基本特征，作者认为藏传佛教寺院可以视作是大众寺院，寺院可以看作是一种合作社区，一种仪式社区。藏传佛教寺院系统主要包括中心大寺院和地方小寺院两种形式。第三章通过考察藏传佛教戒律的有关规定来看藏传佛教教育的课程内容和学历过程。这一章作者揭示了他初次进入佛教寺院的体验。据他观察，藏传佛教寺院给新僧人配备了两位老师，一是室内教师（zhag gi dge rgan），和新僧人住在一起，教给新僧人一些戒律；二是经文教师（dpe cha'i dge rgan），教新僧人识字和文本。他们常常被称为喇嘛（bla ma）。非常幸运的是作者第一位老师即是一位获得格西学位的有道喇嘛 Rab-ten，一位来自康巴藏区的高僧。

第二部分是全书的主体，包括第四到第十二章。第四章分析记忆实践以及喇嘛应该具有的基本的识字要求。作者指出在西藏传统社会，很多人能阅读经文，尽管不能写字，因为在西藏传统教育中，识字和写字是分离的。因为宗教上的需要，和许多前现代社会一样，寺院在教育藏人识字问题上扮演了十分重要的作用。西藏高原东边的康巴地区和安多地区藏人的识字率要高于西藏中心地区。作者提出了不同于过往西方人对佛教盛行的藏区一片平静的印象，他指出诵经声充斥藏区，根本不是平和之地。诵经是非常重要的宗教实践，也是寺院教育的第一步。第五章讨论注释佛经的实践及其作用。作者强调注经的重要作用，这种重要性来自经文的权威性。有些文献在藏传佛教教育中特别重要，比如龙树菩萨的《中论》。这一章作者还比较了佛教注经实践与基督教、伊斯兰教的注经实践。第六章继续第五章的讨论，集中在有关注经的寺院课程。作者认为辩经制度（rtsod grwa）主要是格鲁派建立的，而注经（bshad grwa）则流行于其他三大派。格鲁派寺院教育中僧人学习的文献主要来自三大中心人物：弥勒菩萨（Maitreya）的《现观庄严论》（*Abhisamayālamkara*），法称菩萨（Dharmakīrti 六、七世纪大乘瑜珈行派重要因明学家，以发展陈那菩萨 Dignaga 的理论著称）的《释量论》（*Pramānavārttika*，此为法称所造因明七论之一），以及月称菩萨（Candrakīrti）的《入中论》（*Madhyamakāvatāra*，法尊法师有汉文译本，曰："入中论颂，是萨曼达国，光显龙猛深广理趣，证持明位，得如幻定，住无上乘，成就逆品不可夺之殊胜智悲，能于所画乳牛挤乳，破除有情实执之月称大阿阇黎，著作圆满。迦湿弥罗圣天王时，印度底拉迦迦拉沙论师，与西藏跋曹日称译师，于迦湿弥罗国无比大城宝密寺中，依迦湿罗本翻译。后于拉萨惹摩伽寺，印度金铠论师序与前译师，依照东印度本，善加校改，讲闻抉择。"），其中月称菩萨的著作是帮助理解龙树菩萨的《中论》的 。这三种文献的学习，可能持续长达六到十年。之后开始学习世亲（Vasubandhu，亦作天亲，音译婆薮槃豆，传记见《大正藏》2049 真谛译《婆薮槃豆法师传》）的《俱舍论》（Abhidharma-koÉa）以及功德光论师（Gunaprabha，此为世亲菩萨四大弟子之一）的《律经》（*Vinaya–sūtra*, 或作《戒律本论》，西藏丹珠尔大藏经中有胜友所译藏文本）。这就是藏传佛教教育中的所谓五部大论的学习。最后再转向密咒真言的学习。在格鲁派中，密咒的传承限了一对一的私相传授，的确是严格保密的。在西藏，显密之别在制度上尤其可以从哲蚌寺和色拉寺的不同倾向看出来。作者还注意到藏传佛教中的写作问题。作者认为格鲁派不鼓励僧人学习写作。作者认为，一般而言，西藏文化在文学上有着极高成就，但是在西藏学者身上却表现为缺乏文学技巧。只有扎什伦布寺等少数格鲁派寺院重视培养僧人的文学技巧。第七章考察寺院教育中的口头注经传统。和中世纪基督教重视书本和文本阅读相比，藏传佛教教育有着类似性，有学问的僧侣倾向于静悄悄地阅读，受教育程度不高的普通人倾向于大声诵读。口耳私相传授的传统在宁玛派教育中表现更为明显。第八章考察注经的末世论作用，注经与打坐实践的关系，以及其他相关问题。第九章讨论注经的因明学问题，并把注经实践和辩经比较。第十章则正式讨论藏传佛教学术中著名的辩经实践。作者特别讨论了一些细节问题，比如辩经的规则，怎样培养辩经能力。这一现象在西方首先由著名的藏学家图齐（Giuseppe Tucci）和石泰安（R. A. Stein）进行研究，但是本书作者不同意石泰安的判断。石泰安认为这种辩经不过是培养僧人的逻辑和修辞能力的重要练习。后来有一些学者进一步阐发了对于辩经在西藏宗教文化中的重要性。较近的研究有普渡（Daniel E. Perdue）发表的《西藏佛教中的辩经》（*Debate in Tibetan Buddhism*，1992）。作者则把这种辩经视作是一种 dialectical practice。在西方学术传统中，这是一种通过理性寻找并找到真理的一种对话艺术。这种艺术最早可以追溯到希腊的芝诺（Zeno of Elea）。后来苏格拉底和亚里士多德发展出更为成熟的对话艺术。所以作者把西藏学术的辩经传统看成是西方思想学术传统中的对话艺术。辩经传统在藏传佛教学术社会扮演无可替代的中心作用，从而使得因明学称为藏传佛教学术的一项重要内容。辩经传统始于高声召唤智慧菩萨文殊师利的仪式。作者没有提到佛经中文殊师利菩萨和佛的对话，而是更多地从藏传佛教实践出发来讨论这一主题。作者注意到肢体动作在辩经传统中十分显著。第十一章，论诤在寺院教育课程中的作用，辩经传统与因明学、中观学等的关系。作者强调藏传佛教教育中十分注意培养僧侣的分析能力和批判性思考能力，十分注意教授法称的思想和中观哲学。第十二章讲藏传佛教经院学术中辩经的使用。

值得一提的是研究法称在西方和日本学界非常繁荣，奥地利科学院出版了以 Ernst Steinkellner 为代表的一些学者一系列研究法称的著述。最近两次法称国际学术研讨会分别在奥地利科学院和广岛大学召开，都已经出版了会议论文集（*Ernst Steinkellner ed. Studies in the Buddhist Epistemological Tradition*, Proceedings of the Second International Dharmakirti Conference, June, 11–16, 1989, 奥地利科学院出版社，1991 年；Katsura Shoryu（Ed.）, *Dharmakirti's Thought and Its Impact on Indian and Tibetan*

Philosophy, Proceedings of the Third International Dharmakirti Conference Hiroshima, November 4–6, 1997, 奥地利科学院出版社，1999 年）。其他研究他的著作在西方也相当多，比如较早有 Erich Frauwallner 于 1954 年发表的《法称作品的顺序与形成》（“Die Reihenfolge und Entstehung der Werke Dharmakīrti's”，载 *Asiatica*（Festschrift Friedrich Weller）. Leipzig: Otto Harrassowitz, 1954，142–154 页；并收入 1959 年的 *Kleine Schriften*, 677–689 页）；他的学生们在维也纳发表了许多研究法称的著述；本书作者 1997 年刊出的《认识实相》（Recognizing Reality: Dharmakirti's Philosophy and *Its Tibetan Interpretations*）；1999 年有 Tom J. F. Tillemans 发表的《经文、因明与语言》（*Scripture, Logic, Language: Essays on Dharmakirti and his Tibetan Successors*）；2000 年他在维也纳出版法称《释量论》第四章的英文注译（*Dharmakirti's Pramanavarttika: An Annotated Translation of the Fourth Chapter*, Pararthanumana. Volume 1, k. 1–148）。

第三部分包括第十三和十四章。第十三章探讨了理性在西藏文化中的意义。作者试图强调理性在学院主义框架下在东西方文化传统中的共通性，而不是相异性。所以作者比较强调所谓精英知识分子的学术实践，强调藏传佛教寺院和中世纪西方大学的相似性。第十四章则讨论辩经传统中提问的局限性。作者认为西藏佛教文化中提问是有一定的自由度的，但是也有相当的局限性，因为传统总是强调权威。而且，作者还注意到藏传佛教团体的政治权力有时也会干涉学术辩论，甚至迫使持不同看法的人离开寺院。